怖がってほしい
楽しんでほしい、
驚いてほしい、
そう思いながら書きました。
読んでくれるすべての人に、
ありがとう！

阿泉来堂

U0021536

我一邊寫一邊希望讀者覺得恐怖、覺得享受、覺得驚訝。

非常感謝閱讀這部作品的所有人！

阿泉來堂

緇衣巫女

ぬばたまの黒女

阿泉來堂

王華懋 譯

目錄

序章

昏暗的室內，彌漫著近似腐臭的腥甜氣味。

貼附在汗濕肌膚上的悶熱已經偃旗息鼓，陰寒的寂靜之中，感覺只有綿綿不絕地拍打著屋頂的雨聲空虛地迴響著。遼闊無比的空間中央處，一對中年夫妻跪在地上，雙手合十，深深俯首。

丈夫一襲略顯陳舊的黑色西裝，妻子則是款式過時的黑色窄裙套裝。看上去就像參加葬禮的打扮，但這個地點沒有死者沉睡的棺柩。

夫妻正面的稍遠處有塊覆蓋著白布的祭壇。中央的篝火焚燒著類似香的東西，由此裊裊升起的煙，升上仰之彌高的天花板。前方放置著夫妻帶來的一張照片，以及兒童衣物。

祭壇前站著一名男子，一身以白色統一的淨衣，年紀約莫四十五左右。男子身形嶙峋，神態有些疲憊，但表情沉穩，看似和藹可親。他的右手拿著一把長約五十公分、古色古香的木劍，左手則是手柄前端分爲三叉、色澤有些黯沉的金色搖鈴。

男子搖動手中的鈴。清脆響亮的鈴聲，讓夫妻的意識窺見了比此處更爲崇高的世界。彷佛靈魂脫離肉體，在沒有半點雲朵的夜空滑翔一般，感受極爲靈妙。

男子自稱「天師」。起初，夫妻並不完全相信據說能引發奇蹟的此人傳聞，但依然懷著一縷希望，做好獻出一切的心理準備，前來這裡。天師一看到兩人，便說「你們一定能見到想見的人」，令人驚訝的是，面對他溫柔慈愛的微笑，夫妻的不安輕易地煙消霧散了。

天師高舉右手，緩緩左右揮動刀身上刻著七星的木劍。繚繞的煙霧隨著木劍的動作輕飄飄地改變流向，原本齊一的流動開始變得紊亂，就彷彿他正自在地操縱著這個世界的規律。

忽地，遠方傳來鈴聲，清亮而餘音不絕。鈴聲彷彿隔著數道牆壁傳來，模糊不清，節奏不規則。夫妻下意識地以視線尋找鈴聲的出處。這裡除了夫妻和天師以外，沒有別人。僅有隱約雨聲作響，鈴聲也不像是來自戶外。

再一次，和鈴聲一樣，相隔一定間隔，地板傳來一股隱約的震動。那聲響細微到若非刻意留心，否則不會發現。那絕非刺耳的破壞聲，也非令人厭惡的噪音，聲音的波動與鈴聲帶來的幻想風格聲音一同出現，甚至讓人感受到直接訴諸肉體般的溫暖。它沿著地板傳來，沁入夫妻的體內核心。

天師的聲音徐徐加大，震動周圍空氣。他激烈地揮舞木劍，不斷唸誦咒語，就像要驅散邪惡的事物。

不知不覺間，夫妻緊緊握住彼此的手。兩人共同的情緒是期待與不安，以及一抹希望。從丈夫的太陽穴淌下的汗水沿著布滿鬍碴的臉頰滴落。妻子屏著呼吸，全身緊繃，緊握著亡母遺物的舊念珠。

一道直擊丹田的強烈震動聲響起，同時天師的聲音戛然而止，搖鈴格外響亮地「鈴」了一聲。鈴聲拖出長長的尾音，即將止息前一刻，天師再次大聲唸咒，同時將木劍伸向祭壇深處的門扉。

不知不覺間，連雨聲也消失了。在靜到幾乎耳鳴的徹底寂靜當中，隨著搭扣鬆脫的聲音，門開始沉重地開啓。以牛步般的速度緩慢地打開可容一人穿過的隙縫後，門停止了動靜。

夫妻探出身體，凝目細看門扉深處的黑暗。天師回頭看兩人，往旁邊退開一步，讓出夫妻與門之間的空間。

「啊……啊……」

妻子發出聲音。

「是你嗎……？」

一個人影緩步滑行似地從門的另一頭走了進來。它奇妙地散發出幽矇的微光。人影整體籠罩著一層白霧，宛如升起的煙霧般，虛渺得彷彿只要有人一動，就會驀地消散。雖然無法看到表情，但從整體形狀，看得出是一名幼童。

「彰浩嗎……？真的是你嗎……？」

散發出微光的人影就像要回答丈夫的呼喚，穿過祭壇，來到夫妻面前。妻子淚流滿面，丈夫怯怯伸手。

摸不到，但確實就在那裡。丈夫張開的掌心感受到微微暖意，如此相信。

「令公子的靈魂從『幽世之門』回來了。請和他說說話吧……」

天師以平靜的語氣催促說。

「小彰……對不起。媽媽……啊啊……」

妻子語帶嗚咽地大喊，抓亂了梳成髮髻的頭髮，抽泣不止。依偎在她身邊的丈夫仰望著眼前的人影——天師說是兒子靈魂的存在，不停地說著「對不起，我們對不起你」。

幽魂聆聽著兩人的話，不發一語，只是默默俯視著兩人。別說表現出感情了，甚至看不出任何表情。

「你們也看到了，能見到兩位，令公子十分歡喜。他不可能恨你們。他理解自己的命運並接受，像這樣守護著兩位。」

「天師大人，我兒子……彰浩他……」

天師靜靜地點頭，彷彿明瞭一切。

「令公子很感謝兩位。即使短暫，但你們共度的時光絕對不會消失。你們帶給他的幸福，他現在依舊珍惜。證據就是，他的靈魂非常平靜、滿足。」

聽到天師的話，丈夫不斷壓抑的感情浪濤終於潰堤了。他整張臉扭曲成一團，失聲痛哭起來。靈魂注視著握著彼此的手的夫妻片刻，不久後形姿變化，融入了搖曳升起的煙霧當中。

「這次是眞正的離別了。你們要繼續往前走。這才是令公子在天之靈最大的安慰。」

聽到天師的話，夫妻倆一再點頭，趴伏在他腳邊，深深垂頭。

最後一道鈴聲響起，與開啓時一樣，祭壇深處的門發出沉重的聲響。

隔絕陰陽兩界的門緩慢地關上了。

第一章

1

一走出電車車廂，手機就響了。我反射地按下通話鍵。

『——喂？請問這是井邑陽介先生的手機嗎？』

劈頭就傳來壓抑怒意的低沉聲音。

『我是你老婆，你還記得嗎？』

「沒頭沒腦的說什麼啊？怎麼可能不記得？」

『咦？眞是太開心了。我不曉得打了幾百通電話，你都不肯接，還以爲你把我給忘了呢。』

這是新的挖苦手法嗎？出門前吵架的怒氣似乎尚未平息。我露骨地大嘆一口氣，讓電話另一頭口氣刻薄到家的妻子也能聽到。

「我在搭電車。講手機違反車廂禮儀，所以沒接而已啊。」

『禮儀？那你不理我的電話跟簡訊，一個人跑去離家幾百公里遠的鄉下，就有禮儀了嗎？』

這不是禮儀問題吧？我按捺想這麼反駁的衝動，言不由衷地道歉「對不起啦」。
『你以爲只要嘴上說句對不起就沒事了吧？陽介，你就這麼懶得理我嗎？』
「我又沒這樣說，妳不要亂解釋，好嗎？」
『既然這樣，就不要讓我誤會啊！你就是這樣，才會搞到每次都吵起來，你爲什麼就是不懂？』
電話另一頭的聲音更加暴躁，接下來也連珠炮似地不停地抒發不平與不滿。一旦變成這樣，在她發洩完之前，根本無法應付。
婚後近半年，最近妻子一開口就是這副德行。我理解最大的原因是我優柔寡斷、舉棋不定的個性。剛開始交往的時候，對我這種個性，妻子似乎也都包容體諒，但最近好像連這都讓她看不順眼了。我也想過既然這麼受不了我，何必跟我結婚，但這可不是能對身懷六甲的妻子說的話。所以不管她說什麼，我都只能極力吞忍。
我任由接踵而至的諷刺挖苦左耳進右耳出，望向月台的告示板，想要轉移這鬱悶的情緒。
名爲「別津町觀光介紹」的告示板上，貼著一些傳單、電車班次、町立中學的管樂隊演奏會通知。沒什麼能勾起興趣的東西，但只有一張傳單吸引了我的注意力。那是一張低調地貼在角落的尋人啓事，印著「尋找失蹤者」。原本似乎是彩色的，但張貼太久，變得髒兮兮的。照片是一名面露陽光笑容的青少女，傳單上說是這個町的國中生。既然傳單還張貼在這裡，表示這名女孩還沒有找到嗎？

『喂，你在聽嗎？每次不想面對，你就像那樣不吭聲，你應該也有什麼話想說吧？還是對囉唆的老婆，你連話都不想說了？』

「沒、沒有啦，我在聽啦……總之，我安頓下來再聯絡妳。」

我連忙安撫她。

『每次都這樣說，你哪一次好好聯絡我了？每次都把我的事擺在後面，這次也是──』

「──啊，抱歉，公車來了。」

我打斷滔滔不絕地傳來的責怪，結束通話。給她一段時間，應該就會冷靜下來吧。我一廂情願地這麼想，把手機塞進皮包裡。接著穿過驗票口，走向公車站，同時對特色十足的三角屋頂車站建築物感到懷念。

別津町位於札幌市搭電車約五小時的地方，盛行酪農業及林業。有不少觀光客，也有一些觀光景點，站前隨處可見以觀光客爲對象的廣告和告示。

走到公車站，前往目的地的公車剛好即將到站。時鐘指針來到正午，我因爲搭乘早上六點五十分的電車，沒吃早餐，所以肚子餓得咕嚕叫。我本想找個地方簡單吃點東西，但似乎沒這個時間了。我乘上到站的公車，乘客除了我以外，只有一個彎腰駝背的老太婆。剛在後方座位坐下，車門便關上，公車發出慵懶的排氣聲，發車前進。

隨著公車駛出站前馬路，離開鬧區，街景變得愈來愈冷清。來到都是透天厝的住宅區後，我漫不經心地眺望有些熟悉的街景，沉浸在湧上心頭的鄉愁。公車停下來等紅燈時，一群穿制服的學生經過斑馬線。我呆呆地看著他們，想到自己也有過那樣的時光，爲了這莫名老人的感傷苦笑起來。

嚴格地說，我並不是這個町的人。我出生於距離這裡十幾公里外的山腳村落，我現在要去的地方，就是那個皆方村。

村子裡只有小學，因此上了國中以後，村裡的孩子都要坐公車來別津町上學。我會像這樣時隔十幾年回到出生的故鄉，也是爲了要和以前天天一起搭公車上學的朋友久別重聚。

在行政單位的決定下，皆方村最近就要被併入別津町，此後再也沒有皆方村這個地方了。我接到聯絡，說要不要在皆方村消失前大家聚一聚？不過對我來說，這項邀約並不全然令人欣喜。

坦白說，在皆方村的時光，雖然也有不少開心的往事，但難過的記憶更是多到足以抵消那些快樂。自從十二年前，在國三的夏季尾聲離開村子以後，我從來不曾動念回來看看，由此可知，那段歲月有多麼地讓我不堪回首。時至今日，光是回想起當時鬱悶的歲月，便讓我的心浮躁不安，情緒沮喪。

即使如此，我還是像這樣來了，或許是因爲與妻子之間的齟齬已經讓我疲憊不堪了。若是和懷念的朋友重逢，能多少排解一下黯淡的情緒，來這一趟也算是值得了。

流過窗外的風景不知不覺間搖身一變，公車很快地即將爬上山頭了。過了這座山頭，前面就是皆方村了。

我生長的故鄉。和父母一同生活的家。有我懷念的老友的村子。

2

眼角餘光撇著搖頭晃腦打瞌睡的老太婆，我下了公車，走下通往皆方村的平緩坡道。不一會，便來到了幾間屋舍櫛比鱗次的馬路。不遠的前方有小學，前面醒目的地點有家小商店，販賣古早味零嘴、麵包等吃的，還有文具和一些日用品，也有送洗和宅配服務。店門外有張木桌，兩邊各擺著一張長椅。

兒時和朋友一起吃零食、充滿回憶的那個地方，現在坐著幾名和我年紀相仿的男女。

「啊，來了來了，陽介來了。」

注意到我，舉起手來的，是一個理著短髮、個子高瘦苗條的女子。我一時認不出是誰，不知所措，但看見對方左眼下的黑痣，發現是鈴原芽衣子。

「是芽衣子嗎？」

我沒有刻意問誰，而是自言自語。一陣子不見，她整個人改頭換面了。眾人沒理會我的驚訝，發出一陣歡呼。

「哇，好懷念！」

從長椅站起來拍我的肩膀的魁梧男子，是松浦良太。他穿著襯衫和格紋長褲，下巴的鬍鬚特色十足。

「你一點都沒變耶，怎麼連髮型都跟以前一樣？」

調侃地勾搭我的肩膀的是篠塚透。他那頭兩側極端推高強調的金髮抹滿了造型產品，閃閃發亮，脖子和手上掛滿了飾品，一樣閃亮刺眼。那身打扮讓人看不出都快三十歲了。

「你們太肉麻了，陽介都嚇到了。」

受不了地規勸兩人的是九條紗季。她留了頭略帶褐色的及肩中長髮，穿著白色無袖上衣和印花長裙，舉起手上的彈珠汽水瓶，就像端起紅酒杯。國中的時候就人人稱羨的美貌依舊，眼睛碩大、鼻梁高挺，健康的膚色顯得耀眼。

「可是眞的好懷念啊。幾年不見了？十一年？」

「十二年啦。」

我隨口訂正，芽衣子由衷開心地說了聲「這樣啊」，做出雙手交握的動作。和紗季相反，芽衣子穿了件條紋衫配牛仔褲，打扮簡單又男性化。一直到國中，芽衣子個子都很矮，有些土氣，但現在整個人變得頎長，纖細柔韌的身體強調出她的青春氣息。

「來得好，陽介。見到你眞是太開心了。」

最後一個人——宮本一樹瞇起黑框眼鏡底下的眼睛這麼說。從那身髒兮兮的工作服，還有頭上綁的毛巾，我看出是他工作時的穿著。

宮本的父親在這座村子從事林業，也在自家工房製作原創家具。宮本高中畢業的時候便離開村子，在外地工作，但幾個月前，好像爲了照護中風倒下的父親回來了。但他在信中提到，他的照護仍是徒勞，父親過世了，現在他一邊在師傅底下學技術，一邊協助身爲公司老闆娘的母親。

宮本家開的「宮本林業」，與北海道各地的企業都有長年的合作關係，在皆方村裡，是寶貴的職缺來源。我還住在村子的時候，父親也是宮本林業的員工。

附帶一提，其他四人當中，松浦和篠塚已經舉家遷出村子了。芽衣子在高中的時候因事故失去父母，唯一留下的祖母也跟著離世，因此她一個人搬到札幌了。紗季的祖父從我們懂事的時候就是村長，現在也是村子裡最有權勢的人。她的母親在她出生不久後就因病過世，父親和村子裡的女人再婚。不知道是否和這些有關，紗季從以前就爲了和後母相處不來而煩惱，國中畢業後便進了住宿制高中，大學畢業後直接留在東京工作了。

換句話說，現在仍住在這座村子的就只有宮本一個人，包括我在內，所有人都住在外地。除非像這樣相約相聚，否則根本沒有機會碰面吧。

「我們剛好聊到篠塚國中的時候喜歡的女生呢。」

「對啊，那個女生綁辮子，很可愛，是學生會的。我記得她不是惡狠狠地甩掉你了嗎？」

「喂，不要再說了，幹麼聯合起來揭人家的瘡疤？」

紗季和芽衣子就像國中那時候一樣捉弄篠塚，引得眾人哈哈大笑。與過去完全一樣的對話，讓我自然地笑逐顏開。

對話十分熱絡，幾乎讓人忘了我們長年來的疏遠，然而我卻也感受到某種沉悶難受。時隔十二年返回故鄉的我，除了與他們重溫舊好之外，還有另一個目的。這個問題非常纖細，不能輕易說出口。無法坦白說出這件事，也讓我感到強烈的罪惡感。

懷念的面孔。交心的朋友。然而對於這些人，我卻……

「這麼說來，陽介怎麼樣？」

話題突然轉到我身上，我嚇得差點跳起來。我勉力佯裝平靜，問：「什麼怎麼樣？」

芽衣子「呵呵」對我露出意味深長的笑容。

「這還用問嗎？你有沒有女朋友？」

每個人都興致盎然地關注著我。我理解矛頭指向了我，因爲撒謊也沒用，決定坦承以告。

「其實半年前我結婚了。」

我展示左手無名指上的戒指，圍繞著我的視線全都轉爲驚訝，下一秒，掌聲和歡呼沸騰全場。

「結婚？眞的假的！」

「天哪，沒想到會被陽介搶先。」

「眞的，還以爲他是這方面最晚熟的一個呢。」

松浦語帶嘆息地苦笑，篠塚用力搔著短短金髮。紗季再次舉起彈珠汽水的瓶子說「乾杯」。

「我不相信，陽介！」

不知爲何，芽衣子沮喪萬分，一雙鳳眼都濕了。

「可惡，既然如此，我也應該快點結婚的。」

「咦，你有對象嗎？」

聽到紗季挑釁的反問，篠塚氣呼呼地說：

「廢話。不是我自誇，我可是個萬人迷。最近也有三個女人同時倒貼我呢，好男人眞難爲啊。」

「如果那三個不是你常去的酒店小姐就好了。」

松浦立刻插嘴，篠塚尷尬地亂了方寸。

「喂，白痴，誰叫你說出來的！你之前還不是在網路上被未成年的幼齒拐到，差點搞死自己？」

「那是女方自己虛報年紀，有人投懷送抱，拒絕還算個男人嗎？」

松浦和篠塚彷彿談論當年勇一般，露出下流的笑容，說著正經大人聽了不敢置信的內容。光是這一小段對話，似乎就讓人窺見他們現在的生活樣貌，讓人傻眼到說不出話來。

紗季用一種看髒東西的眼神看著兩人，但立刻恢復原本的表情，閃爍著一雙大眼看我。

「那，你太太是個怎樣的人？」

「呃，這……」

「有什麼關係，告訴我們嘛。對吧，芽衣子？」

「嗯，我也想知道是怎樣的女人贏得了陽介的青睞，告訴我們細節嘛。」

面對兩人熱切的注視，我不知該如何回答才好。在這樣的狀況下，不管說什麼都只是讓自己如坐針氈。

「這樣啊，你們也都這種年紀了，眞是光陰似箭。」

背後傳來聲音，回頭一看，店頭有一名壯年男子正在吞雲吐霧。是這家店的老闆夏目清彥。

「我記得你是井邑同學吧？」

「對，老闆還記得我啊。」

老闆剛好幫忙轉移了話題，我鬆了口氣如此反問，夏目一臉愉快地搖晃著大肚腩笑道：

「當然記得，以前幾乎是天天碰面嘛。你們就像是我的孩子一樣，就算想忘，也不是那麼容易就能忘掉的。」

夏目和以前在別津町的醫院當護理師的太太一起經營這家店。從我懂事的時候就照顧著我的這對夫妻，對我們來說就像是親戚的叔叔阿姨。

「總覺得好像回到了過去。像這樣一看，村子即將不見這件事感覺好不眞實。」

可能是懷念之情影響，芽衣子語帶嘆息地咕噥道。

「唔，實際上並不是村子要不見了。不過故鄉的名字消失，還是讓人很捨不得。」

「就是啊，這也是時代的潮流吧。」

松浦附和說，夏目把吸到都快燒到濾嘴的菸撳熄在菸灰缸裡。

「可是，就算名字不同了，也不是你們的故鄉就不見了。所以以後也要偶爾回來讓我看看你們。」

夏目說道，柔和的眼神就像期待孩子歸鄉的父親。朋友當場回應「當然了」，我和他們一起點頭，這時宮本上身朝我傾斜，附耳道：

「夏目叔叔還沒有走出女兒的事呢。」

「女兒的事？」

我反問，宮本「咦」了一聲，表情不解地僵了一下，但立刻恍然大悟地點了點頭。

「啊，是你離開以後才發生的事嘛。」

「出了什麼事嗎？」

我記得夏目有個叫美香的女兒。她比我們小一歲，留著令人印象深刻的娃娃頭，十分可愛。她出了什麼事嗎？

宮本瞄了夏目一眼，確定他正忙著和其他朋友說話，把聲音壓得更低，接著說：

「你離開村子不久後，美香就失蹤了。後來一直到現在，都沒有找到。」

「十二年都沒有找到？那不就……」

我說不下去。宮本默默地垂下目光，搖了搖頭。

我覺得夏目談笑的臉上，閃現著痛失愛女的父親抹也抹不去的悲傷。

離開夏目商店後，我們決定直接在村子裡走走。

走在熟悉的風景當中，感覺卻十分新鮮，一定是因爲和歷經十二年的歲月也沒有改變的朋友在一起的緣故。那個時候即使遇到難受痛苦的事，只有和朋友在一起的時候，我能夠展露歡顏。他們帶給我勇氣，總是鼓勵著我。

我看著走在稍前方笑鬧的朋友背影，想著這些，腦中忽然浮現妻子的臉。

——欸，我有話跟你說。

她那語帶不安、又有些豁出去的聲音，現在仍在耳底縈迴著。

——我好像……有了。

我是在大概兩星期前得知這件事的。

我們就和平常一樣，隔著小餐桌對坐，吃著晚飯，這時她突然開口。我停住拿筷子的手，啞然注視著她。從她目不轉睛地看著我的表情來看，並不像在撒謊。

有了——這兩個字在腦中再三播放，當我好不容易理解狀況時，第一個浮現腦海的，是我的父親。

每次想起父親，我都會陷入強烈恐懼，害怕自己會變成和父親一樣的人。身爲他兒子的我，不可能會是一個好父親。聽到懷孕的消息時，第一個浮現的念頭就是這個。父親對我的所做所爲，我會不會就這樣拿來對待自己的孩子？從聽到妻子懷孕消息的那一刻起，這種恐懼便時時刻刻縈繞在我的心頭。我之所以無法直率地表達喜悅，就是出於這樣的理由。

看到我連一點像樣的反應都沒有，也難怪妻子會勃然大怒。而我也沒有向她坦白我所深陷的不安，對於她單方面的苛責感到無力招架。她要求好好談一談，我卻當成耳邊風，不願認眞面對。

——你不想要我們的孩子，是吧？

妻子丟下這句話，單方面結束了對話。她充滿憤怒與焦慮的強烈悲傷眼神擊垮了我，把我逼進無路可逃的死胡同裡。即使如此，我還是無法好好面對事實。我無論如何都下不了決心成爲人父。

我拋下這些問題，來到皆方村，這樣的行動看在妻子眼裡，也只是用來逃避問題的藉口吧。

「陽介，你怎麼了？」

可能是擔心沉默不語的我，走在一旁的宮本出聲。

「你從剛才就一直沒說話，是怎麼了嗎？」

「喔，沒事，我沒怎樣。」

我擠出笑容，佯裝平靜。我不想讓我個人的煩惱搞砸了難得的愉快氣氛，最重要的是，朋友那樣爲我結婚開心，我不想讓他們知道這些窩囊的內情。

「是嗎？對了，你爸現在怎麼了？」

宮本也不怎麼在意的樣子，語氣隨意地問道。

「死了。不久前剛辦完第三年的法事。」

「這樣啊……辛苦你了。」

「嗯，謝謝。」

我對禮貌性致哀的宮本回以含糊的苦笑。

「你才辛苦吧。你爸的事眞的很遺憾。」

「唔，辛苦是辛苦，不過當時我媽也因爲照護病人，累到快倒下來了，所以與其說是難過，更覺得總算鬆了一口氣。我媽也很看得開，現在幾乎都不會提起我爸的事了。」

宮本有些自嘲地笑道，聳了聳肩。

「別再說這些鬱悶的事了，喏，走吧。」

宮本拉著我的手，小跑步趕上走在前面的四人，話題從懷念的回憶發展到各自的近況。

芽衣子高中畢業後離開村子，在札幌加入模特兒經紀公司，也參加過幾場大型時裝秀。松浦和篠塚合作創業，經營似乎開始上軌道了。他們兩個從以前就混在一起，成天做壞事，但是在這十二年當中，成長爲正派的大人了嗎？不過看他們沒品的言談舉動，老實說，我實在不這麼認爲。

至於紗季，她原本在東京的大型貿易公司上班，兩年前結婚離職，現在是家庭主婦。她在照顧孩子之餘，也和其他媽媽朋友優雅地共進午餐，等待丈夫下班回家，似乎滿足於這樣的生活。

「話說回來，鄉下果然還是很棒。怎麼說，時間流動得特別慢。空氣也很清新，和雜亂擁擠的都市不同，也很少發生麻煩的爭吵。這讓我重新體認到這就是出生的故鄉啊！」

松浦百感交集地說，篠塚附和道：

「雖然夏目叔叔那樣說，但我希望皆方村永遠保持這個樣子呢。」

「事到如今說這些也沒用了。三門神社都沒了，沒有人要來，村子人口會愈來愈少，也是當然的。」

紗季這段話讓原本平靜的氣氛出現了一絲裂痕。但紗季本人完全不以爲意，我行我素地繼續說：

「要是那個度假設施建設計畫繼續推動，一定就不會演變成這樣了。就算三門神社沒了，如果有什麼能招攬外地人的東西，這村子或許也能再擴大一些。結果是那個時候錯估形勢，改寫了這座村子的命運呢。」

沒有人反駁。每個人都同意紗季的話，卻也露出侷促不安的表情。

「但也因爲那樣，我爺爺成了村子裡名符其實的老大，所以或許算是皆大歡喜吧。合併以後，我爺爺好像也想在町議會搶奪一席之地。眞是個貪婪老人。」

紗季滿不在乎地說出貶損自己祖父的發言，哼了一聲。

九條家是所謂的資產家，擁有村子放眼所及的全部山林。只看這個事實，感覺九條家就像這座村子的支配者，但至少在我離開村子的十二年前，並非如此。過去立於村子頂點、集全村欽羨於一身的並非九條家，而是剛才提到的三門神社與其一族。

我們即將上國中的時候，某個企業提出買下這塊地方的山林，興建度假設施的計畫。擁有土地的九條十分感興趣，許多村民也都認爲若能招攬觀光客，也能振興村子的經濟，滿懷期待。然而計畫卻在前一刻化成了白紙，因爲三門神社大力反對。

當時三門神社是這座村子的門面，也是吸引來自北海道各地香客，赫赫有名的神社。從我們出生很久以前，這座村子便極爲虔誠地信仰著三門神社。家家戶戶都設有三門神社下賜的神棚，家中有任何好消息，都一定會去神社謝神，遇到壞事，就去祈求除厄消災，時不時就會上神社。日常生活總是祈禱神明保佑無病無災，並把三門家的人視爲神明一樣崇敬。當時的三門神社在這座村子的權勢，就是如此如日中天。

身爲三門族長的三門實篤，出面喊停這項度假設施興建的計畫。他說破壞未經人爲整修的神聖山地及帶來豐富恩惠的森林及河川，拿來招攬遊客，是對大自然的冒瀆，並表達危機意識，聲稱若是這麼做，必定會遭來神靈降禍。實篤此言一出，村民的意見一百八十度翻轉。得不到村民支持，度假設施興建計畫只得回歸白紙。

這是座小村子，不過就算是村長，也無法專斷獨行，最後也支持了三門實篤的意見；但村長更強烈的感受，應該是被實篤壞了好事。從此以後，原本維持著微妙平衡的九條家與三門家之間，出現了決定性的裂痕。也是從這個時候開始，所謂村長派的村人開始敵視三門家。

但我們小孩之間並不怎麼在乎彼此的家庭狀況，和紗季也很一般地相處，也常跑去神社境內遊玩。對於想在小村子裡頭興風作浪的父親和祖父的行爲，紗季自己也覺得很受不了吧。這件事成了某種自卑情結，深深扎根在紗季的內心，即使長大成人，現在似乎依然未能消解。

「要不是神社發生火災，或許霧繪現在也還在這裡。」

可能是被沉重的氣氛所觸發，芽衣子以極為消沉的聲音喃喃自語。

「對啊，沒想到霧繪居然會死掉……」

聽到紗季接下來的話，我忍不住停步，錯愕地說：

「等一下，妳們在說什麼？」

「什麼？」

紗季被問個措手不及，訝異地問。

「霧繪……死了……？」

我再次反問，在場所有的人不約而同倒抽了一口氣。奇妙的沉默片刻籠罩了全場。

「對了，陽介不曉得，那場火災是你離開村子以後才發生的。喏，剛才不是說到夏目叔叔的女兒失蹤嗎？就是差不多那時候。」

宮本第一個打破沉默說：

「三門神社毀於祝融這件事也上了報，你應該知道吧？那個時候，三門家的人全都在濃煙中被嗆死了。其中也找到了霧繪的屍體。」

過世了……？找到霧繪的屍體……？

「那個時候，三門家好像正在舉行換代儀式。你記得霧繪提過要繼承她母親職務的事嗎？」

「記得，可是……」

「起火原因好像是電氣系統的問題。拜殿和住家都燒個精光，火勢太強，沒人能逃出火場。」

宮本的表情因悲痛而變得陰沉，松浦接著他的話說：

「那天晚上的事我記得很清楚。我跟篠塚還一起跑到神社旁邊去看。直到前一天都還有颱風，所以山路發生土石流，導致別津町的消防隊來不及趕來救火。」

爲什麼？怎麼會？自己的聲音不斷反問，在腦中不住迴響。他們的話就宛如異國語言，我連點頭回應都做不到。

「我家跟三門神社不是關係特別好嗎？村祭不用說，家裡的人有事沒事就跑去神社，也受到神社委託，製作祭祀道具，我爸常掛在嘴上炫耀。因爲那時候村子裡感覺光是和神社有交情，就能被另眼相看。」

宮本臉上浮現乾笑，調了一下眼鏡的位置。

「聽到三門神社失火燒毀的消息，我媽整個人慌亂到幾乎讓人看不下去。我覺得那場火災以後，這村子就變了。」

「那時候我無法相信霧繪已經死了，只覺得是在開玩笑。」

芽衣子眨著淚濕的眼睛，用指頭抹了抹眼角。

「我也是。我忘不了最後見到她的樣子。」

紗季咬住下唇，不停眨眼。他們的表情實在不像有任何虛假，感覺他們所說的，是千眞萬確的事實。

三門霧繪是三門實篤和妻子雫子的獨生女。她不像芽衣子那麼活潑，也沒有紗季那麼老成，個性就像介於兩人的中間，比起外出活動，她更喜歡待在家裡安靜看書。蠟像般白皙的肌膚和漆亮的黑髮令人印象深刻，可愛的臉蛋就宛如日本人偶。雖然當時還小，但她似乎理解自己是三門一族的繼承人，從小學的時候，就常看到她在神社裡幫忙。

話雖如此，她與我們之間也完全沒有任何隔閡，和我們在一起的時候經常歡笑，也會像一般小孩一樣，玩得滿身泥巴。即使在發生度假設施興建的問題、神社派與村長派勢成水火之後，霧繪也和過去一樣，照常和我們維持友誼。

我們都非常喜歡霧繪。當時個子嬌小的芽衣子把霧繪當成姊姊一樣仰慕，紗季雖然有點把霧繪視爲競爭對手，但似乎也會和她討論複雜的家庭環境帶來的煩惱。松浦和篠塚總是不厭其煩地談論紗季和霧繪誰比較可愛，就連總是冷靜地團結大家的宮本，在霧繪面前也經常慌亂出糗。當然我也是一樣的。我總是假裝若無其事地偷看霧繪的側臉，她的每一個舉手投足都讓我在意得不得了。

所以即將離開村子時，沒能好好地和霧繪見上最後一面，是最讓我傷心的一件事。離開村子那一天，我最後看到的是在三門神社境內迎接香客的霧繪。我倆對望時，霧繪那落寞的眼神，我到現在都還歷歷在目。

「好想見霧繪。好希望我們一個都不少，重聚在一起。」

芽衣子修長的眼睛流下一行淚水，雙手在胸前緊緊地交握住。

「我也是。光是像這樣想起來，就好難過好難過。」

紗季垂下目光，咬住薄唇。

「大家都是一樣的。後來我們彼此就變得有些疏遠呢。因爲只要見面，就會想起霧繪的事。」

松浦淡淡地說，聲音中卻滲透出隱藏不了的悲痛。

「這次會邀大家重聚，其實這也是最主要的理由。這座村子消失以後，我們一定更不會聯絡了。我想在這之前，大家一起再次重溫霧繪的回憶。」

這就是把我們找來的眞正的動機。我在宮本的側臉感覺到現在仍未克服的深切哀痛，把來到喉邊的話用力嚥了回去。

「霧繪團結了我們。這樣說有些誇張，但我覺得確實有這樣的一面。唔，雖然這麼說，但我可是紗季派的。」

「是是是，這馬屁眞不讓人開心。」

紗季傻眼地回敬篠塚的油腔滑調，但沒有引起笑聲。

就彷彿愈是想起霧繪，眾人的心上就開出愈大的窟窿，不知不覺間，氣氛變得極爲沉重、苦悶。我有種一個人被拋下的感覺，也不知道該對他們說什麼才好。不能隨便開口，但繼續保持沉默，眞的好嗎？

這樣的糾葛煎熬著我，讓我想要用力抓頭。

「喂，要不要現在過去看看？」

松浦冷不防朗聲說道，指著通往村子後山的坡道。上面就是從前的三門神社。

「你在說什麼？要去參拜一片焦黑的三門神社嗎？」

紗季語帶責怪地說。

「不是，我記得不是馬上又蓋了另一座神社嗎？」

「另一座神社？」

我提出疑問，宮本回答我的問題。

「大概火災半年後吧，在村長主導下，蓋了新的神社。是一座跟三門神社完全不能比的小神社，命名爲皆方神社。」

三門神社是皆方村長年來的信仰對象，是爲了避免村人頓失精神寄託，消沉沮喪嗎？或許其中也帶有祭祀在不幸的事故中喪命的三門一族的意義。

「對啊，去那裡參拜一下吧。仔細想想，我們從來沒有一起祭拜過霧繪呢。」

松浦一錘定音地說，篠塚和芽衣子也立刻贊成。

然而紗季立時打了回票。

「不行。」

「爲什麼？紗季？妳不想祭拜霧繪嗎？」

「白痴，怎麼可能？當然是有別的理由。」

「別的理由？」

篠塚問，回答的不是紗季，而是宮本。

「皆方神社的神主，是請在別津町擔任神主的岸田先生過來兼任。每個月一次，他會定期來神社這邊管理，可是——」

宮本停了一拍，視線巡過我們每個人身上。

「——岸田先生在皆方神社過世了。」

「什麼？意外嗎？還是生病？」

宮本略略垂下從松浦臉上移開的目光，搖了搖頭。

「是被殺的。在本殿。」

「等、等一下，被殺？什麼時候的事？」

原本就要緩和下來的氣氛再次凍結。

「大概兩星期前的事吧。別津町的警方過來查案，兇手還沒有抓到。聽說不曉得是村人還是外地人下的手。警方說應該是強盜殺人，可是……」

「可是什麼？」

我催促，宮本以確認的眼神望向紗季，然後說：

「沒有任何財物失竊。而且那裡是平常沒有人顧的神社，根本沒有什麼值錢的東西。再說，聽說以強盜殺人而言，殺人手法相當異常。」

「異常」這兩個字讓我感受到某種非比尋常的氣息，我甚至忘了呼吸，注視著宮本。

宮本喉結上下滑動，嚥了口唾液，放低了聲音，一臉嚴肅地接著說下去：

「他全身的骨頭都被打碎了。斷裂的骨頭和掉出來的內臟噴得到處都是，周圍一片血海。臉也被砸爛了，除了服裝以外，沒有任何方法可以辨認出那就是岸田先生。」

骨頭被打碎……內臟四散……

這脫離現實的描述讓我有些頭暈目眩。松浦和芽衣子還有篠塚也是一樣，對這一時難以置信的命案情節似乎難掩驚訝。

「你、你騙人的吧……？你是在唬我們吧？」

芽衣子面無人色地問，但宮本一語不發，搖頭否定了她的話。

「眞的不是玩笑……？」

芽衣子以幾不可聞的聲音低嘆。

「這樣你們就懂了吧？所以那裡不能靠近。」

紗季強勢結束這個話題，沒有人提出異議。

第二章

1

大致逛過村子，最後我們來到村子邊陲的舊道路。走下蜿蜒的坡道，經過未鋪設路面的碎石路，前方圍著顯示禁止進入的柵欄，再過去是通車前便停工的隧道。

這條隧道據說是明治時代開拓北海道的那段時期開工的，因爲地盤不穩，工程期間陸續發生坍方事故，犧牲了許多工人，有段悲慘的歷史。若是這條隧道完工，讓通往山地另一頭的北見市的道路通車，皆方村的歷史也會截然不同吧。

這時太陽西下，天色漸漸轉爲昏暗，張開大口的隧道讓人感覺到一股異界的詭譎氛圍。

「哇，這裡還是老樣子，有夠毛的。」

其他人的印象似乎也都一樣。但不同於說出來的內容，篠塚的聲音聽起來有些雀躍。

「小學的時候，我們經常瞞著父母跑來玩呢。」

「我連靠近都不敢。」

芽衣子哆嗦地晃動肩膀。

「大家都一樣啦。逞強假裝不怕，其實嚇得要死。」

宮本苦笑，眾人都同意。

這裡是我們小時候的遊樂場之一。因爲位於村子邊陲，四周也沒有像樣的照明，所以大人都警告不可以靠近，不過小孩子才不管這些。雖然是不惜違背大人叮囑也要天天跑來的絕佳遊樂地點，但到了傍晚時分，這座隧道便會開始散發出詭異的氣息。漆黑的洞穴裡彷彿隨時都會爬出恐怖的事物，令人膽寒，我們總是逃之夭夭地跑回家。

「只有霧繪不怕這裡呢。」芽衣子說。

「對耶。唔，霧繪本來就有點怪。」

這麼自言自語後，紗季對自己的發言輕笑了一下。

「從剛才開始，開口閉口就是霧繪，看來我們眞的很捨不得她。」

「是啊。可是奇怪的是，我總覺得還可以再見到霧繪。」

「什麼意思？」

紗季側頭訝異地問，似乎對芽衣子的話感到不解。

「霧繪不是有點神祕嗎？怎麼說，該說是不食人間煙火嗎？我不太會形容，但她好像被某種厲害的存在保護著，有種這樣的神聖氛圍。」

我能理解芽衣子想要表達的事。我自己也在霧繪身上強烈地感受到某種神聖的氣息。

「所以就算聽到她死了，也覺得很不眞實，感覺她好像現在就會從那條隧道走出來——」

芽衣子唐突地打住了話，同時「噫」地倒抽了一口氣，雙眼瞪得老大。

「喂，妳幹麼突然不出聲？怎麼了？」

松浦問，芽衣子也不回答，纖細的手指向了隧道。濃得化不開的黑暗當中，一道影子朦朧地現身，緩緩朝這裡靠近。

「不會吧……？」

紗季夢囈一般地喃喃道。不只是她，在場所有人一定都有著相同感受。我們凝目觀察著那片黑暗，影子漸漸鮮明起來。

「不對，是人。男的嗎？」

「這種地方怎麼會有人……？」

朋友各自呢喃，注視著現身的男子。來到我們附近的男子一襲黑色西裝，一絲不苟地打著靛藍色領帶，神情涼爽，彷彿絲毫感覺不到暑熱。蒼白膚色甚至顯得有些不健康，個子相當高，連身高一般的我都必須仰望。體型予人的印象是銳利修長，年紀約莫三十多歲。對於不知所措的我們，他沒有表現出敵意，但也稱不上親切熱情。表情說好聽是平板，說難聽就是不知道在想什麼，散發出一種高深莫測的氣質，感覺城府頗深。

「嗨，各位好。你們是這座村子的人嗎？」

男子開口便問，我們面面相覷。

「是啊……你是……？」

我警覺地問，男子小聲地「喔」了一聲，手滑進西裝外套內袋，從裡面取出一張四四方方的黑紙卡，硬塞給我。

「我叫那那木悠志郎，來這座隧道進行一點調查。實際看到，忍不住好奇，便進去裡面看了一下，但因爲沒帶手電筒，分不清東西南北，只好折返，結果碰上了你們。」

是前來尋奇的沒神經觀光客嗎？

「這樣啊，一定很困擾呢。」

我敷衍地回應，這時自稱那那木的男子第一次露出了像樣的感情。他大大地上前一步，目不轉睛地俯視著我。

「你好像沒聽清楚，所以我再說一次。我是那那木悠志郎。」

「呃，我聽到了……」

「那是我的名片。剛印好的。」

我在他催促之下，再次垂下目光，看到名片上除了名字以外，還印刷著「作家」二字。

「喔……幸會。那那木先生是作家啊？」

我無法理解對方再次報上名字的理由，一方面困惑，一方面以戒心十足的眼神交互看著名片和那那木。

「我想應該不可能，但你不認識我嗎？」

「咦？呃，嗯……是啊，完全不認識。」

「沒聽說過我的名字？」

「嗯，沒有。」

「居然會有這種事……！」

我老實地回答，結果那那木雙眼大睜，身體後仰。接著他以求助般的眼神望向我的朋友們。我貼心地逐一把名片亮給宮本、芽衣子、紗季、松浦和篠塚看，但好像沒有半個人聽說過他的名字。這件事似乎打擊相當大，那那木抓住幾乎腐爛的木柵欄，撐住幾乎要頹倒的身體。

「為什麼？為什麼我老是遇到不認識我的人？這座村子沒牽光織嗎？我上個月才出了新書，別津町的書店卻連一本我的作品都沒進，一本都沒有！可惡，到底是怎麼回事？這次連網路上都刊登了我的訪談啊……！」

那那木一個人喃喃自語著莫名其妙的話，按住了眉心。

「那，呃，你是……？」

「我是作家！而且不是普通的作家，是代表日本的恐怖作家！你們連這都不知道嗎？啊？」

那那木的憤怒忽然突破沸點爆炸了。但就算他這樣咒罵，不知道就是不知道，莫可奈何。那那木不理會有些傻掉而陷入沉默的我們，從外套內袋取出東西來。那是一本文庫，封面畫著恐怖至極的野獸般怪物，以血淋淋的字體印刷著像書名的文字。

「這是剛出版的我的新書。好像不小心掉進口袋裡了，我就把它送給幸運的你們吧。」

那那木自顧自說著，接著更取出筆來，在書上簽名，把文庫按到我的胸上。

「可惜的是，就只有這一本，擔待一下吧。」

「喔，謝謝……」

收下的文庫扉頁，以龍飛鳳舞的筆跡簽著「那那木悠志郎」幾個字。出版社的名字連不怎麼看書的我都聽過，所以他是個還算有名的作家嗎？

「從來沒聽過這號作家，他眞的有名嗎？」

「天曉得，不會是新人吧？」

從我後面探頭看口袋書的松浦訝異地說，紗季也跟著附和。

「——我好像聽到有人說什麼？」

那那木耳尖地聽見兩人的對話，厲聲追問。先不論有不有名，這人自尊心似乎很強。

那那木跑來這座隧道，是爲了尋找創作靈感嗎？不過居然會找到這麼冷門的靈異景點來，眞令人佩服。應該有許多雜誌和書籍以北海道的怪奇現象製作特輯，但我從來沒在這些讀物上看過皆方村或這座隧道的事。難道只是我不知道而已，對靈異圈子的人來說，這是個特別有趣的地點嗎？或者單純只是這名作家對這裡感興趣？

「所以，呃——那那木先生在這裡做什麼？」

可能是和我有著一樣的疑問，宮本小心避免引起對方反感地問。

「呵呵，你們果然很好奇？假裝不認識，其實是我的粉絲吧？」

那那木眼睛亮了一下反問，宮本支吾地說「呃，也不是……」。那那木任意曲解宮本的反應，滿足地露出笑容。

「不必害羞。這也算是某種緣分，我就跟幸運的你們稍微分享一下我的畢生職志吧。」

明明沒人拜託，那那木卻興沖沖地交抱起手臂，轉身背對我們，重新面向隧道。

「我在調查古老的地方報紙的時候，發現十六年前，這座隧道曾經找到許多人骨，十分奇妙，你們知道嗎？」

「當然。」宮本點點頭，望向斜上方，回溯記憶似地接著說：

「我記得是這一帶發生地震，導致隧道一部分崩坍，在坍方的地方發現了好幾具白骨。」

對吧？他向眾人確認，包括我在內的每個人都一起點頭。這件事只要是皆方村的人都知道。

距今十六年前，我們小學五年級的時候，發生在北海道東部地區的地震造成皆方村後方的部分山地崩坍，造成隧道深處未經整修的洞穴發生坍方。此外，隧道內部的混凝土牆壁也有部分剝落，相當危險。後來別津町公所的職員等前往勘察損害情況，在剝落的混凝土深處的土牆發現大量白骨。

警方和消防等其他相關單位接獲通知，派出大量人員，對隧道內部展開正式調查。只是在崩坍的混凝土牆稍微一挖，就發現了八具人骨，引發軒然大波，媒體蜂擁而至。但後來在調查洞穴的期間，又陸續發生坍塌狀況，雖然坍塌規模不大，但調查就此喊停。

在隧道中發現的白骨經過檢驗，發現死後已經過數十年，警方認定牽涉犯罪的可能性不大，偵辦也跟著告終。最後結論認爲白骨是隧道工程事故中的犧牲者。

這件事以後，村裡更加嚴格地禁止孩童靠近隧道。我們也乖乖聽從了禁令。由於眞的發現了人骨，隧道裡好像有什麼可怕的東西的好奇心，轉變成不是鬧著玩的危機感。

「可是，爲什麼你要調查這種事？」

宮本提出單純的疑問，那那木得意地哼了一聲。

「我身爲作家，同時也在蒐集各地的怪異傳說。這是我的蒐集活動的一環。」

「蒐集怪異傳說……？」

芽衣子訝異地複述。松浦和篠塚也一臉不解地歪著頭。

「我只要得到消息，有人遭遇或是目擊科學無法證實的怪奇現象或怪異事件，就會前往當地，釐清那是否眞的是妖魔鬼怪——也就是超自然的存在所爲，並調查它的起源和來歷。有時我也會親身遇到鬼怪，親眼見到並接觸它們，獲得更詳細的資訊。」

「就像網路上常看到的試膽影片那些嗎？難道那那木先生看過鬼嗎？」

芽衣子半帶玩笑地說，她的話再次讓那那木大爲光火。

「不要把我的作品跟那種低俗的玩意混爲一談！試膽影片這種東西低俗不堪，是造假的詐騙手法。只是拍攝存在於那裡的東西，放上網路，又能怎麼樣？就算眞的拍到了什麼妖魔鬼怪，幾乎都完全不會提到那到底是什麼。我不承認那種東西，因爲裡面沒有故事。我可是在創作讓每個人讀了都會戰慄膽寒的故事。是沒有任何人能模仿、只有我才能創作出來的深刻劇情！」

被拿來相提並論，似乎讓他非常不服氣，那那木聳著肩膀，打從心底不爽到極點地表情扭曲，咒罵著「所以這些凡夫俗子……」雖然也不是不能理解他的心情，但這名作家的情緒會不會太不穩定了一點？

芽衣子似乎嚇到了，徒有其表地向他道歉。那那木儘管表情不滿，但還是稍微清了清喉嚨，收拾怒容說下去：

「我在各地走訪，爬梳媒體未曾介紹的妖魔鬼怪及相關習俗傳說，將由此得到的知識反映在我的作品當中。這就是我的畢生職志。」

那那木一鼓作氣地說完，再次望向隧道。

「這次來到這裡，除了這座隧道以外，我還要調查據說以前存在於這座村子的三門神社。聽說那座神社過去會舉行召喚死者、爲香客帶來救贖的儀式。」

聽到那那木這話，瞬間一道尖銳的緊張竄過眾人之間。

三門神社的「神靈附體奇蹟」我當然知道，也是這裡每個人都知道的事。我們從小就從大人那裡聽說三門一族施行的奇蹟，幾乎是盲目相信地成長。若是對照世間一般常識，那應該是稱得上荒唐無稽的超自然現象那類事物吧。大人的說法是，村子以外的人受到世俗成見阻礙，無法理解最核心的部分。因此村子裡形成了一種不能隨意向村子以外的人提起三門神社的奇蹟的默契。因爲人會害怕、排斥無法理解的事物。其中應該也摻雜了父母的憂心，怕我們上了國中，和村子以外的人交流以後，會無法被外人接受。

因此聽到外人問起這項奇蹟，我們會反射性地提高警覺，也是很自然的反應。

「在有這種傳說的土地，有一座發現大量白骨的隧道，我當然要來調查一番。只是稍微看一下就知道，這座隧道顯然擁有不同於一般可疑靈異景點的事物。」

我們不知道該如何反應，神情困惑，那那木不管我們，自顧自說下去：

「過去爲了開墾北海道，許多囚犯被帶來進行修路挖掘隧道的工程。許多囚犯死於嚴酷的勞動，遺體沒有埋葬，而是隨意棄置。北見地方一帶有個叫鎖塚的地方，一直到近代，那裡都丟棄、或是草草埋葬著許多銬著手銬腳鐐的白骨屍體。國家把開墾視為一種強制勞動，不是動員囚犯，而是讓一般民眾參與工程，招募北海道內外的志願者，照顧他們的食衣住。然而實際情況卻是把大量工人塞在狹小的房間裡，只提供毫無營養的粗陋食物。營養不良加上超出負荷的重度勞動，導致有人得了腳氣病，無法行走，但仍然無法停工休息，傷者和病人被迫坐著勞動。沒多久就到了極限，到處都陸續有人病倒，無法動彈，他們的屍體沒有被埋葬，而是隨意丟棄，有時甚至就丟進隧道牆壁或地面挖出來的洞裡埋起來，相當不人道。很像最喜歡眼不見為淨的日本人會做的愚蠢行為。」

一口氣說到這裡，那那木的視線謹慎地在我們身上逡巡，彷彿在觀察我們的反應。

「你們生活的這塊土地，是成立在這些人的捨命犧牲之上。即使在今天，這塊土地的某處仍有遺體沉眠著。連結北見市和遠輕町的常紋隧道附近，近年也有熱心人士組織進行搜索活動，發現了工人的遺骨。」

「這座隧道發現的白骨，也是這些工人的嗎？」

我問，那那木輕輕聳了聳肩，含糊地點點頭。

「應該**大半**都是吧。但如果只是這樣，我也不會特地跑這一趟了。」

這別有深意的說法啓人疑竇。這時，我對這名男子湧出無法一言以蔽之的奇妙感覺。

他知道什麼，或是發現了什麼。雖然我完全無法想像那會是什麼，但那那木應該是爲了確定他的假設，才以調查的名義前來這裡。

雖然有些古怪，但那那木似乎聰明過人。他會出聲與我們攀談，也並非單純偶然，而是抱有目的的行動吧。這麼一想，總覺得眼前這個人某種深不可測的不尋常特質彷彿更強調了出來。

「雖然這麼說，但我也才剛開始調查而已，有許多不確定的地方。接下來的部分是商業機密，但如果你們願意協助我，我可以把調查得到的資訊和你們分享。這也是個很好的機會，讓你們了解過去不知道的這塊土地的歷史，對吧？」

「我們也不是特別想知道……對吧？」

宮本向我尋求同意，我含糊地點點頭。也難怪宮本會困惑，對方是突然冒出來、不知底細的傢伙，我們不可能輕易放下戒心。當然，我覺得也不該不必要地提防別人，但前提是對方是一個普通人。這個名叫那那木的人，從各種意義來說，應該都不普通。

「唔，可是你們對我的調查也不是完全沒興趣吧？就在最近，這座村子不是才死了一個人嗎？而且是死於極爲殘忍的手法。」

「難道你是說皆方神社的事？」芽衣子說。

話題唐突地跳躍，令人困惑，但那那木居然知道這件事，也讓人驚訝。這些情緒搞得我們無所適從。

「沒錯。聽說就在兩週前，有位叫岸田公晴的先生在這座村子神祕死亡。」

「可是，這件事跟你說的怪異傳說又沒有關係。」

宮本有些加重了語氣說：

「警方說岸田先生是遭到強盜的毒手，沒有任何可疑之處——」

「你也不是完全相信這種說法吧？」

那那木勾起唇角，露出別有深意的笑容。被他扭曲的視線糾纏，宮本「嗚」了一聲，亂了方寸。

「岸田先生的死亡，有許多可疑的地方。然而警方的官方說法，卻不是釐清一切疑點之後才提出的。重大的問題到現在依然懸而未決。」

那那木臉上胸有成竹的笑容更深了。

這個人果然知道什麼。看到那宛如居心不良的凶惡歹徒般的表情，我如此相信。在難以形容的不安與困惑折磨中，我們好半晌曝露在侷促不安的沉默裡。

然而那那木忽然放鬆下來，貼在那張俊美臉龐上的邪惡笑容頓時消失無蹤。

「所以，我打算明天針對這些事情展開調查。今天太陽也快下山了，我想休息一下，這座村子有旅館嗎？」

那那木以滿不在乎的口吻結束話題，轉向其他方向。他的態度變化之快，讓我們也不由得愣住了。

「這裡沒有旅館。這是座小村子，而且也不是觀光地。」

聽到宮本的回答，那那木說著「這下傷腦筋了」，手扶在下巴沉思起來。現在的話，已經沒有前往別津町的公車班次了，而且雖然是夏天，夜裡還是很冷，那那木看起來也不像是能輕鬆勝任露宿餐風的類型。雖然是來歷不明的陌生人，但就這樣把他丟下，也教人不忍。

除了紗季和宮本以外的人——當然包括我在內，在村子裡都已經沒有家了，因此今晚預定下榻村子裡最大的九條家。雖然這裡是鄉下，但實在不可能有村民願意收留那那木這種可疑人物，因此選項必然地只剩下一個。

被我們行注目禮，紗季一臉不耐煩地嘆了一口氣。

「好吧，房間的話是有，我跟祖父說說看。」

「那太好了。不用擔心，我會好好答謝一番的。」

那那木說出彷彿預先準備好的說詞，臉上微微漾出笑容。

2

我們帶著那那木返回來時的路。再次踏進村子，經過幾幢民宅時，我忽然停下了腳步。

從大馬路延伸而出的巷道內，有一棟宛如被遺忘的房屋。我看著那屋子，出了神似地陷入恍惚，篠塚出聲，「怎麼了，陽介？」我聽到他的聲音，卻無法反應，只是彷彿視線被定在了那裡，一心一意地注視著腐朽而宛如廢墟的房屋外觀。

「陽介，你還好嗎？」

宮本搭住我的肩膀，擔心地看我。我含糊地點點頭，離開眾人，走進巷子，穿過倒塌的圍牆旁邊，走到屋前。

玄關的門板已經快腐爛了，嵌在旁邊的霧面玻璃泛黑模糊。外牆在風吹雨打下變色，屋頂有部分崩坍，狹小的庭院被高聳的雜草給淹沒。

這裡是以前我生活的家。因爲長年無人居住，已經荒廢得不成樣子。理所當然，我住在這裡的時候，沒有糟成這樣。這屋子原本就是在屋主的好意下，便宜租給我們的，但只有一家三口居住，並不嫌小，而且通風良好，採光也無可挑剔。冬暖夏涼，是做工極爲扎實的房屋。

我出生在這個家，和父母一同生活。夫妻關係還很好的時候，父母總是爲彼此著想，看在年幼的我眼裡，他們也是一對很棒的夫妻。父親在宮本家的公司上班，母親在村子裡唯一一家超市兼差。下班回家後，母親就會煮晚餐照顧我，等父親回家。太陽下山的時候，父親回家，我們一家三口共進晚餐。雖然是一成不變的平淡日子，但我毫無不滿。在父母的笑容陪伴下，即使沒有手足，我也不感到寂寞。像這樣回想，在這座村子度過的時光，絕非全是不好的回憶。

至少直到母親離家出走那一天爲止。

在我即將升上國中的前夕，父親和同事起了衝突。是金錢問題所引發的無聊糾紛。但因爲這件事，父親和同事對立，丟了飯碗。這是個小村子，即使沒有過失，只要有人聯合起來搞臭名聲，就會被視爲事實。父親並非村裡人，原本是從外地來的，這也是一大原因吧。就這樣，我們家失去了一家之主的經濟來源。

起初母親增加超市的工時，支撐家中經濟，但要在這座村子覓得新的工作，難如登天。父親找不到新工作，對周圍的村人又懷抱著鬱悶的敵意，陷入孤立。這些壓力讓他逐漸靠酒精逃避，很快就變得鎮日酒瓶不離手。父親與過來關心探望他的朋友也漸漸疏遠，在村子裡的立場變得更糟，他開始將累積的憤怒向母親發洩。夜裡我入睡的時候，父母便開始對罵，有時父親會拳打腳踢，痛揍母親。隔天早上，兩人都若無其事地面對我，但打罵得那麼厲害，睡得再沉的人也會被吵醒。再說，只要看到母親身上青一塊紫一塊的瘀傷，不可能沒察覺出了什麼事。

就在這樣的生活中，某天母親消失了。不管再怎麼等，她都沒有聯絡，後來我聽說她和上班的超市員工私奔了。母親離家的那天早上，送我去上學的她連一滴淚水都沒有流，用一如往常的笑容與我道別。

單方面地沒有任何解釋。

我被母親拋棄，被迫和整個人泡在酒精裡、一開口就是罵人的父親一起生活。到了這時，平常甚至不跟我說話的村人，也開始小心翼翼、好聲好氣地對待我了。這或許是值得感謝的轉變，同時卻也讓我感到淒慘無比。

只有我的好朋友依然像過去那樣與我相處。當時我不願意向身邊的朋友——尤其是霧繪暴露自己的脆弱，總是在逞強，因此他們和過去一樣待我，眞的讓我很開心。再說，比起母親離家、比起父親落魄潦倒到判若兩人，能夠和霧繪在一起，對我來說更是重要。我的目標是總有一天要向她表達情意，最重要的是，能夠每天和她肩並肩一起上下學，讓我在難熬的生活當中得到了一絲滿足。

然而結果這樣的生活並未持續太久。母親離家過了三年的時候，父親退掉這間房子，帶我離開村子了。完全沒有商量，也不問我的想法，就搬到札幌去投靠祖父母了。

與皆方村突來的離別、跟朋友的離別，以及和霧繪的離別，令我憤怒不已。當時我和霧繪的關係並未超出朋友的範疇，她想要和我建立起什麼關係，我也毫無頭緒，但重要的是我想待在她的身邊。然後，在尚未向她表白心意之前，我絕不願意離開這座村子。

父親的任性妄爲，從我身邊奪走了母親、奪走了溫暖的家庭、奪走了村子的生活，甚至奪走了霧繪。沒錯，一切都是父親的錯。我們之間當時或許仍碩果僅存的一絲父子親情，在這時候徹底切斷了。

在祖父母那裡，我得到了舒適的生活，然而開了大洞的心卻怎麼樣都無法塡補。不僅如此，我動不動就仇視找到工作的父親，不跟他說話，也不跟他對望，藉此發洩無處排遣的憤怒。對於這樣的我，父親什麼都沒說。應該是不熟悉的工作讓他精疲力盡，根本沒力氣理我吧。可是，父親每天做著毫無成就感也沒有樂趣、只是浪費時間和體力的工作，我覺得他的背影在默默地責備著我。

我受夠了無言地咒罵「要是沒有你就好了」的父親，高中一畢業就搬出了祖父母家。如果那時候父親沒有丟掉飯碗，母親沒有拋家棄子，我就會永遠住在這座村子嗎？我眺望著靜謐地存在於那裡，宛如達成了被賦與的使命的房子，尋思著這些徒勞的事。無言地俯視著我的昔日住處，靜靜地佇立在薄暮之中，就彷彿根本不記得我這個人。

屋頂上，幾隻烏鴉如泣如訴地啼叫著。我覺得牠們就好像在主張這個家是牠們的，忍不住苦笑。接著拉回視線，想要最後再看一眼玄關，卻赫然倒抽了一口氣，怔在原地。

嵌在玄關旁邊的毛玻璃。裡面有人。那人一動不動地站在那裡，用隔著玻璃看這裡的姿勢觀察著我的動靜。

從朦朧的人影來看，是男人嗎？冷靜想想，應該是村人有事進去屋子，這樣的話，可疑人物反而是我。但若是這樣，爲什麼對方不出聲喝問我是誰？爲什麼只是隔著玻璃偷看我？

「請問……」

我正要出聲，這時「砰！」的一聲，對方手拍在毛玻璃上，把臉貼了上來。我嚇到動彈不得，毫無意義地屏住呼吸觀看著。

男子把臉貼在玻璃上，圓睜的雙眼凝視著我。

「……啊。」

這時，錯愕的驚叫冷不防衝出喉嚨。我認得玻璃另一頭的人。這樣的感覺湧上心頭，同時我強烈地困惑起來。

不可能，不應該有這種事。我否定浮現腦中的想法，彷彿拒絕接受地搖著頭。

因爲他已經……

我在心中喃喃自語，試圖說服自己，然而不知不覺間，卻像瘧疾發作似地渾身哆嗦起來。神祕人影一動不動地凝視著我，就像在嘲笑這樣的我。這顯然太異常了。隔著一片玻璃與對方對望的狀況讓我害怕得不得了，我用力閉上了眼睛。汗水淌過太陽穴，膝蓋哆嗦起來。

烏鴉在頭上聒噪地飛起。振翅聲聽起來異常地大，我反射性地睜開閉上的眼睛。

這中間只有短短數秒。再次望向毛玻璃時，男子已經消失不見了。是回去屋子裡了嗎？還是……

「陽介，你沒事吧？」

背後傳來的聲音嚇得我差點跳起來。宮本和剛才一樣，一臉擔心地站在圍牆外。

「啊……沒事，我很好。」

「是嗎？」

宮本平靜地說完，轉身走向馬路。我跟了上去，走了幾步，又停下來最後一次回頭。浮現在暮色中的自家，感覺就像棟完全陌生的可怕建築物。

3

這天夜裡，九條家的大和室裡，紗季的繼母九條薰大顯廚藝，盛情款待我們。以海膽、牡蠣、鮪魚、鮭魚、鯨魚生魚片等海鮮爲主，還有竹筍飯和螃蟹鍋等等，面對滿桌子幾乎擺不下的豪華盛宴，我們完全被震懾了。

薰準備好餐點便退出和室，接著紗季的祖父——皆方村村長九條忠宣進來了。相較於十二年前，感覺身體縮水了一些，但和藹紅潤的面貌依舊。

這時我們也差不多聊膩自己人的回憶了，因此話題的中心自然地集中到那那木的工作上。雖然沒聽說過這名作家，但是一般人這輩子難得有機會和職業小說家交談。松浦、篠塚、紗季和芽衣子連番提出大刺刺的問題，而那那木每一次的回答都讓我佩服不已。

「成爲小說家，收入果然很驚人，對吧？只要出一本書，就可以逍遙過日子了嗎？」

即使聽到篠塚直接而俗氣的問題，那那木也面不改色地回答：

「一般世人的認知或許是這樣。實際上，數十年前確實好像也有過這種時代，但現在出版業正值蕭條，就算出了一本書，賣得不錯，能單靠寫作收入維生的時間，頂多也只有一兩年。當然，也要看作家自己是節儉還是揮霍。」

「哎唷，別謙虛了。一本不夠的話，不停地寫、不停地出不就好了？眞羨慕，我也想寫本暢銷作，優雅地過日子呢。」

「你是能寫出什麼暢銷作？小學的時候，連一張作文稿紙都寫不滿，老是被留下來。」

被松浦吐槽，篠塚形式上嘔氣地說「幹麼這樣說啦」。在愉快的氣氛催化下，我也喝了不少，暫時舒緩了一度消沉下去的心情。

「對了，那那木先生是來這座村子做什麼的？」

臉酡紅得像燙章魚的忠宣忽然想起來地問。

「我身爲村長，這樣說好像不太得體，不過這村子感覺沒什麼引人注目、更別說能引起大師興趣的東西。」

小口啜飲著日本酒的那那木聞言眼睛一亮，彷彿就在等人這麼問起，結果坐在旁邊的芽衣子立即強硬插嘴。

「其實啊，那那木先生是一名恐怖作家，同時也是到處蒐集怪異傳說的鬼怪警察——不對，是鬼怪偵探。跟一般作家不一樣，總之眞的超級優秀喔！」

芽衣子口齒不清地加上任意曲解的解釋說明，那那木困擾地瞥了她一眼。

「唔，差不多。當然，跟警察還是偵探那些無關。」

「唔。確實，村郊的隧道也有人說有某些來歷，但也不是這塊土地而已。北海道各地有太多那樣的地方了。要說它有什麼怪異傳說，不會有點遜嗎？」忠宣說。

「沒這回事。不談那座隧道，這座村子不是還有別的嗎？每個人都大惑不解的怪奇事件。」

那那木把小酒杯放回桌上，與訝異地蹙眉的忠宣面對面。

「就是兩星期前，在皆方神社遇害的岸田公晴先生的事。警方調查發現，岸田先生身上的傷口，驗出了活體反應。也就是說，他是活生生地被打斷全身的骨頭死亡的。這不管怎麼想都太異常了。犯罪率較高的都市地區也就罷了，以發生在這樣的鄉下村莊的命案而言，實在是太恐怖了。」

「咦，你知道得眞清楚。」

那那木說出異常詳細的案情，不只是忠宣，在場的每個人都朝他投以訝異的眼神。連宮本和紗季都露出這種反應，看來那那木說的是連當地居民都不知道的事實。

「岸田先生是一個人待在皆方神社的時候遇到攻擊。犯行發生在下午一點至四點之間，附近居民都沒有看見可疑人物的蹤跡呢。」

「我是這麼聽說的。」忠宣說。

那那木交抱起手臂，假惺惺地歪頭說：

「眞奇怪呢，這麼一來，就等於沒有任何人看到兇手前往神社，在隨時都可能有人來參拜的情況下，花了許多時間折磨岸田先生，加以殺害，接著同樣沒有任何人目擊，消失無蹤。不覺得這個兇手眞是膽大包天嗎？」

忠宣沒有應聲。那那木說下去：

「兇手是不是知道他在虐殺岸田先生的期間，不會有人來神社？兇手也知道岸田先生每個月會來村子一次，一個人待在皆方神社，所以才敢大膽犯案。」

「不曉得呢，我也不能說什麼。」

忠宣冷淡地應聲，那那木也不氣餒，身子往前探。

「其實在過來這裡之前，我在別津町和岸田先生的家屬談過，聽說岸田先生這個人極爲和善，溫文儒雅呢。」

「就像你說的，岸田絕對不是那種會引來仇殺的人，這我也很清楚。可是那那木先生，這跟你說的怪異傳說有什麼關係嗎？」

忠宣的語氣變重了些，急躁地問。但那那木依舊從容不迫，不改平淡的語氣。

「根據我的經驗，異常案件通常都與怪異傳說密不可分。我之所以會想要深入調查岸田先生的事，也是出於這樣的理由。所以我本來想在前往那座隧道之前，先去看一下出事的皆方神社，卻被村人制止了。我說我想看現場，結果對方生氣了。我記得對方也自稱姓九條。」

「那一定是修吧。我兒子，紗季的父親。」

「原來是這樣。」那那木望向紗季。

「我爸對任何人都擺架子，一遇到不爽的事，馬上就氣焰囂張，一副要幹架的態度，面對外人更是這樣。那那木先生沒事眞是太好了。」

紗季板著臉說完，一口氣喝光杯裡的啤酒。一提到父親就不高興，這反應跟以前完全一樣。

九條修也是村中消防團的團長。忠宣是村長，而兒子修擔負領導村中男丁的重要角色。從我還住在村子的時候，九條修就積極攬下巡視村子的工作，對外人尤其嚴厲監視。因此他沒有放過那那木這種可疑人物，也是合情合理。

「聽說命案現場的皆方神社，是取代十二年前燒毀的三門神社興建的。是村長決定興建的嗎？」

「是。」

「是爲了不幸罹難的三門神社的人而建的嗎？」

「當然了。那場火災眞是太慘了，當時也上了報。」

「是啊，我讀過報導了，內容確實慘絕人寰，令人不忍卒睹。村長想要興建新的神社，安慰他們在天之靈，這樣的心情我也完全理解。」

那那木隔了一段不自然的停頓，接著說：

「可是，這樣的地點卻發生了淒慘的殺人命案，實在太可怕了。兇手爲何會刻意選擇這個地方呢？」

「只是巧合罷了。警方也說是爲了搶劫財物。」

「然而實際上沒有任何財物失竊。連岸田先生的錢包都完好地留在現場。」

「等一下，那那木先生。我從剛才聽著，你對案情也未免太瞭若指掌了吧？你怎麼會知道這麼多？」

紗季打斷兩人的對話，提出疑問。

「關於這一點，我只能透露我有個善心協助者。」

那那木只想用含糊的回答帶過。

「那那木先生的意思是，岸田先生的命案和三門神社有關嗎？只因爲兩座神社就在旁邊？」

宮本有些批判地問，那那木嘴唇浮現笑意點點頭。

對此忠宣提出異論。

「這不可能。岸田和三門神社毫無瓜葛，他甚至不認識三門一族。」

「這樣啊，那麼岸田先生的事先擱一邊，可以詳細告訴我三門神社的事嗎？」

那那木表現出接受的樣子，自顧自轉移話題。他定定注視著警覺的忠宣，繼續說道：

「聽說過去三門一族會舉行某種儀式，展現『神靈附身的奇蹟』。許多香客聽到這個傳聞，來到這座皆方村。他們渴望的奇蹟究竟是什麼？我很想知道。」

那那木不待對方反應，又說下去：

「其實在過來這裡之前，能調查的我全部調查過了。也去過別津町的鄉土資料館，但關於三門神社的記述少得匪夷所思。這應該是只有少數人之間口耳相傳的傳說吧。那麼即使是村人，知道詳情的人也有限。關於這一點，村長您治理這座村子已經很久了，不應該完全不知情。而且我會像這樣打擾府上，也算是某種緣分。」

忠宣沉默了半晌。別人問什麼就答什麼，這似乎讓他很不樂意，但又無法強勢拒絕，他深自煩惱了一番，最後語帶嘆息地低語一聲「沒辦法」，目光在觀望的我們身上巡了一圈，沉重地開口道：

「關於儀式，詳情我也不清楚，但還是有一些能說的事。或許應該趁此機會，讓你們也了解一下三門神社和村子歷史的關聯。」

忠宣的語氣與其說是在對那那木說，更像是在對我們說，他娓娓道來。

「明治時期，這塊土地受到開墾，村子也有愈來愈多人遷進來落腳時，三門一族就已經在這裡了。他們算是參與這座村子成立的最元老的一批村民，也是當時的村中領導，率領著村民。當時土地並不肥沃，山上也有許多凶猛的野獸棲息。尤其是冬季的嚴寒，更是筆墨難以形容。當時支持村民生活的資源和工具都十分匱乏。人們是爲了追求希望而遷至這片新天地，然而面對這殘酷的現實環境，卻也只能在這片土地掙扎求生。人們披荊斬棘，開墾荒野，耕作田地，種植作物。支持著他們的精神寄託，就是對神社的信仰。只要不忘崇拜土地神，感謝神明，神明就會擊退邪惡之物，帶給村子富裕與繁榮。三門神社對村民如此宣揚，漸漸打造出生活的基礎。」

忠宣仰頭飲盡酒盞裡的酒，輕嘆了一口氣。

「就如同三門神社的預言，耗費漫長的光陰，村子的生活穩定下來，村民對三門神社的信賴也變得堅定不移。從這個時候開始，就有許多香客湧向了三門神社。他們居住的土地和生活基礎都不同，卻都有一個共通點。」

「他們渴求的救贖，就是『神靈附體的奇蹟』，對嗎？」那那木說。

「沒錯。只要是這座村子的人，應該都明白這指的是什麼吧？」

忠宣不是問那那木，而是問我們。沒有人反對。

「三門神社提出的教義當中，最值得一提的就是關於『罪』與『死者』的部分。三門神社認為，犯下悖離人道的犯罪的人，都會遭到死者帶來的報應，這片土地就是由這樣的秩序所守護。」

死者。聽到這個詞，一股冰寒不期然地滑下背脊。

「另一方面，只要堅定信仰，正直做人，死者就會回應生者的祈求。他們如此宣揚，並透過某種儀式，證明了此言不虛。」

「那是什麼樣的儀式？」

那那木原本一直從容不迫的聲音，這時似乎變得熱切起來。

「與死者重逢。讓失去重要的家人或情人的人們與死者重逢，找到活下去的希望，這就是『神靈附體的奇蹟』的本質。」

那那木專注聆聽，彷彿不願錯過忠宣的任何一字一句，感嘆地說道：

「原來如此，眞是太耐人尋味了。看來三門神社與一般神社很不一樣呢。」

有什麼不同嗎？我們一頭霧水，那那木轉向我們開始解釋。

「日本的神社直到明治時代以前，雖然也進行婚姻等祭祀活動，與死亡卻沒有密切關係。因爲死亡是寺院——也就是佛教的職權範圍，在日本古來的神道教裡，死亡被視爲必須忌諱的『污穢』。奈良時代以後，中央提出『神佛習合』政策，神社與寺院合爲一體，根植於人們的精神，但明治維新以後，政府頒布『神佛分離令』，神道教與佛教又被一刀兩斷分開來。從此以後，神社與佛寺的共存就變得困難起來。在神道教裡，死亡帶有污穢，是必須忌諱的。神道與高唱極樂往生、輪迴轉生，積極談論死後世界的佛教，最大的差異就在這裡。與死者重逢的概念，眞要說起來，與神社的存在是互相牴觸的。然而三門神社卻肯定這種矛盾，宣稱『死者會制裁罪人』。這是極爲特異的例子。不知道單純只是一種比喻，或是眞正意義的死者……」

說到這裡，那那木的聲音愈來愈低，開始喃喃自語，陷入沉思。感覺就像把說到一半的話撇到一邊，專注在整理思緒。

坦白說，我活到這個年紀，對三門神社的教義從來沒有一絲懷疑。只是模糊地相信「就是這樣的」，甚至以爲三門神社的規矩，就是全日本所有神社的規矩。但聽到那那木的話，我才第一次發現過去信仰的事物，極有可能其實是異端邪說。

毫不知情，也不深思，我對如此盲目信仰的事物萌生出不協調感，並且在內心急速膨脹起來。

「三門一族舉行的『神靈附體的奇蹟』，村長實際看過嗎？」

那那木沉思了一陣之後問。

「一次都沒有。我沒有想見的死人。再說，三門舉行儀式的次數愈來愈少，最後少得可憐。像十二年前，一年有個一兩次就算多的了，就算香客上門，多半也都會吃閉門羹。」

「感覺好像有什麼內情？」

那那木上身前傾，目不轉睛地盯著忠宣。後者一副受不了他灼熱注視的樣子，帶著嘆息點點頭。

「眞正的理由，應該是時代變遷吧。隨著文明發展，人們對神社的敬畏也日漸淡薄。帶著信仰遷移到這塊土地的人少了，村人也都搬到都市去了。也有愈來愈多人想要脫離神社主導的古老習俗。事實上，就算求神拜佛，人也無法得救。盛極必衰，這才是千古不變的道理。」

從忠宣的口氣聽來，比起哀悼三門一族的死，似乎更爲村子終於逃離它的支配而感到安心。

彷彿在說三門神社會消失是理所當然。

「無論如何，村裡已經沒有三門的人了。當然，與岸田的命案也沒有任何因果關係。這可不是你寫的那些小說，那那木先生。那座隧道、三門一族，還有岸田的死，全都沒有關係。這就是我的答案。」

忠宣叮囑似地如此作結。對此，那那木只應了聲「這樣啊」。看起來也像是表面上接受了，其實內心仍繼續琢磨著某些想法。就像他從忠宣的話中正確蒐集到自己需要的資訊，試圖接近所追求的答案。

那凌厲而尖銳的眼神，究竟注視著什麼？

我完全無法想像。

4

時近午夜零時，持續了很久的酒宴終於散會，眾人回到爲各人準備的客房休息。

我草草換了衣服，倒進被窩裡。在酒精作用下，腦袋一片迷茫，沉浸在宛如置身水中的舒適感覺。原本我打算就這樣直接入睡，神智卻意外清醒，怎麼也睡不著。我平日不怎麼喝酒，是一醉立刻就會想睡的體質，今天怎麼這麼反常？我自問著。是認枕頭嗎？還是在久違來訪的故鄉感受到太多事，導致精神亢奮？無論如何，明天就必須離開這座村子，回到原本的生活。我可不想拖著一身疲憊回家，又跟情緒不佳的妻子吵架。

思考觸碰到這件事的瞬間，妻子肚子裡的新生命，以及它所引發的複雜情緒又浮現出來。

我要成爲父親……變成父親那樣嗎……？

一開始想，情緒便愈來愈紛亂，更是睡不著覺了。但我還是耐性十足地閉著眼睛，等待睡魔眷顧，身體漸漸無力，不久後便緩緩墜入夢鄉。

然後我做了夢。

我還是個孩子，在現在已經不存在的三門神社境內。視線前方，與我同齡的朋友正四處奔馳歡鬧。我坐在拜殿的階梯上，遠遠看著他們。在我旁邊，稍微拉開一點距離的石階上，坐著一名少女，和我一樣看著朋友。少女留著一頭烏黑長髮，身上灑滿了穿過枝葉間而來的陽光，熠熠生輝。露出白色無袖洋裝的手臂纖弱得彷彿一碰就斷，卻也有種健康的柔韌感。她的側臉白皙得令人屏息，臉頰微微泛著紅暈。水汪汪的大眼和修長的睫毛讓人印象深刻。

我甚至忘了眨眼，注視著她——三門霧繪的側臉。朋友已經從我的意識中消失，在只有我和她的封閉世界裡，我目不轉睛地注視著她，就像不願有任何一秒錯過她的存在。

就在這時，霧繪想到似地看向我。因爲我正注視著她，我們當然四目相接了。

我們就這樣彼此對視，僵了片刻，好一陣子處在尷尬的沉默中。

「怎麼了？」

霧繪笑逐顏開。柔軟的嘴唇勾勒出優雅的笑容。我無法直視她的笑容，支吾起來。爲了掩飾害臊，我正襟危坐，把視線扳往不相干的方向。

「陽介好奇怪。」

呵呵，霧繪輕笑，站了起來。長及腰際的黑髮輕柔晃動，散發出甜美香味。

「咦，怎麼了？快走啊。」

接著望過去的時候，霧繪穿著制服站在那裡。是我們就讀的別津町的國中制服。成長為青少女的霧繪老成得判若兩人，同時臉上仍帶有一抹童稚，剪齊的劉海更強調了這一點。

「陽介。」

霧繪柔聲呼喚我。光是這樣，我的心便陷入了飄飄然。她的聲音、呼喚我的嘴型、溫柔的眼神。所有的一切都令人憐愛，充盈了我。我甚至覺得只要有她，其他什麼我都不要，與她共度的時光，是比什麼都更值得珍惜的至福時刻。

我甚至情願犧牲一切，來換取這一刻成為永恆。

「陽介。」

霧繪只留下這聲呼喚，倏忽消失。緊接著，我的視野被刺眼的閃光籠罩，下一瞬間，皮肉感受到被燒焦的灼燙。不知不覺間，周圍化成一片火海。不只是境內，連三門神社的拜殿都被火焰包圍，火星在黑色的夜空漫天飛舞。

「霧繪……霧繪……！」

「這裡，陽介。」

我朝聲音傳來的方向回頭，瞬間，化為一團火球的霧繪映入眼簾。

「怎麼會……霧繪！」

我忍不住大叫。熊熊燃燒的烈火蓋過了她說的話，她的衣服、頭髮和皮膚，都不斷燒得焦黑、潰爛。

「陽介……」

聲音低沉混濁而詭異。皮肉的焦臭味刺鼻。一頭長髮發出噗滋聲響，一眨眼就被燒融，一具只剩下骨頭的淒慘焦屍倒在我的面前。

環顧四下，境內各處倒臥著其他同樣被燒焦的屍體。

「陽……介……陽……介……」

許多焦黑的頭蓋骨顫動著裸露的牙齒，絞動著應該已不存在的喉嚨，七嘴八舌地呼喊我的名字。

「住口！住口！」

我不明所以，只是這麼狂叫。空洞的眼窩直勾勾地仰望著我。被烈火籠罩的神社。燒成焦黑骨頭的大量亡骸。面對此情此景，我只是哭喊著求救。

燒盡一切的火焰，彷彿本身具有意識一般扭動著，將抱頭吶喊的我吞噬進去。

「——介、陽介！醒醒啊！」

我醒了過來。月光灑進陰暗的室內。彷彿被這道幽光所牽引，意識緩緩浮上。

對了，這裡是九條家的客房，我今晚在這裡。我在腦中整理狀況，身旁再次傳來聲音。

「你呻吟得好厲害，還好嗎？」

「啊，我沒事。只是做了怪夢……」

說到這裡我停頓了。躺著的我旁邊，不知怎樣有著芽衣子。

「怎、妳怎麼……？」

芽衣子不理會困惑的我，理所當然地微笑。她好像穿著當成睡衣的T恤，鑽進我的被窩裡，大腿一帶感覺到溫暖的肌膚觸感。

「妳在做什麼？妳怎麼會在我房間？」

「有什麼關係？以前大家常像這樣睡大通鋪過夜，不是嗎？我們也一起睡過好幾次嘛。」

「那是小學生的事了。而且我——」

我連忙想爬出被窩，芽衣子卻伸手環抱上來，不讓我逃走。

「我說陽介，我眞的很想你耶，你懂嗎？」

「我懂，可是這狀況不行吧？總之妳先放手。」

不曉得有沒有聽進我的話，芽衣子不肯放開抓住我的手。

「我寫了那麼多信給你，你卻連個回信都沒有。」

「對不起，可是那時候我自己也自顧不暇。」

當時我無法融入新的土地，多愁善感的青春期都在憂鬱中度過，實在不願意和會勾起故鄉回憶的對象積極聯絡。漸漸地，芽衣子也不再寫信給我，我以爲我們的關係就這樣自然風化了。

「而且那麼久不見，你居然結婚了，眞是太薄情了。」

「那是……」

「——可是可以見到你，我還是好開心。」

細語喃喃的芽衣子，表情罩上些許陰霾。濕潤的眼眸中，悲傷的感情碎片若隱若現。

「沒有回信給妳，我覺得很抱歉。眞的——」

「我說陽介……」

芽衣子打斷我辯解的話，在我的耳邊囁嚅說：

「其實我都知道了。」

這意義深遠的一句話，讓我的思考停止了。

她到底知道**什麼**？我思索這話的眞意，一個疑惑很快浮現腦海，我連忙驅散它。芽衣子不可能知道那件事。不，不只是芽衣子，我沒有告訴過今天重逢的任何一個朋友。

我表情僵硬，但腦袋以驚人的速度運轉。可能是我這副模樣太好笑，芽衣子很快就噗嗤一聲笑了出來。

她滿臉調皮的笑，愉快地搖晃著肩膀說：

「今天從見到的時候開始，你就一直用色咪咪的眼神看我，對吧？」

「……嗄？」

與擔心的內容天差地遠的答案讓我渾身無力，同時我陷入更強烈的混亂。

我用色咪咪的眼神看芽衣子？太扯了，哪有這種事？

「等一下，妳在說什麼？」

「我以前是個矮冬瓜，一點女人味也沒有，可是現在已經完全蛻變爲成熟的女人了，對吧？」

芽衣子討好似地看著我，尋求我的同意。

小時候整天追著我和霧繪跑的芽衣子確實變得美麗得判若兩人，成長爲一名成熟的女性了。這個事實我必須承認，可是……

「就算是這樣，我也沒有用那種眼神看妳……」

「不用掩飾啦，陽介。你從以前就很懦弱，有話也不敢說出口，看得我都在一旁替你焦急。可是我不討厭你這樣的個性。」

「就說不是這樣了，妳不要隨便曲解，好嗎？」

「噓。沒關係，你的話，我完全可以。」

芽衣子用食指堵住我的嘴巴，一廂情願地說下去：

「別管那麼多了，你別動，啫……」

「住、住手！喂！哇！」

芽衣子的手撫上我的褲子，我連忙滾出被窩，但芽衣子揪住我的腳踝，想要把我拖回去。那麼細的手指哪來那麼大的蠻力？她的手以令人驚訝的怪力毫不留情地箍住我的腳踝。

「沒關係啦，過來嘛，陽介。」

「住手，放開我！」

爲了逃離強硬的勾引，我拚命抓住榻榻米，這時房間外傳來許多腳步聲。不一會，紙門猛地打開來，燈光乍然亮起。

「吵死啦！三更半夜的，到底是在幹麼……呃，咦！」

紗季的聲音一開始不耐煩，後半則轉為驚奇與好奇摻半。

「你們兩個在別人家裡搞什麼啊？」

「喂，陽介，再怎麼說，你這也太扯了……」

接著探頭進來的篠塚一臉傻眼地責備我。晚了一步前來的松浦似乎也立刻看出狀況，抒發牛頭不對馬嘴的感想，「嘿～很有一套嘛，陽介～」

「陽介，你都不覺得對不起老婆嗎？」

「有什麼關係？就算結了婚，戀愛也是自由的。當然我也是，人妻也完全ＯＫ。」

松浦搭便車摟住紗季的肩膀。紗季立刻拍掉那隻手，受不了地嘆氣道：

「白痴啊？男人眞的沒一個好東西。」

她冷冰冰地望向松浦，接著轉向我。

「不、不是的！喂，芽衣子，妳也說說話啊！」

「嘖。我們好不容易正要享樂子，你們怎麼不會看一下場合啦？」

芽衣子噘著嘴撇開臉，搞得彷彿坐實了是我把她帶進房間的狀況。即使我想辯解，現場氣氛也不容我這麼做。我滿懷怨恨地看著芽衣子，她百般不願地爬出被窩，穿上先前脫掉的衣服。

這時，我看見她裸露的大腿內側有塊大大的瘀青，和像是燒燙傷的小圓點，吃了一驚。我厚著臉皮，定睛細看，發現露出襯衫領口的胸膛也有相同的疤痕，解開手表的左手腕上，甚至有被拉扯般的細微傷痕。

「好了啦，別管他們了。都已經不是小孩子了。」

松浦沒理會發現意外傷痕而驚慌的我，憋著哈欠離開房間了。

「呃，等一下……」

我連忙要挽留眾人，這時室內的燈光閃爍了幾下，接著無聲無息地熄滅了。同時，連走廊的燈光都消失不見，我們全都驚呼起來。

「停電嗎？」松浦問。

「受不了，這間破屋子搞什麼啊？」

紗季大聲咒罵，也沒有人趕來。因爲也不能就這樣待在原地，我們決定一起下樓。

「記得斷路器在玄關旁邊的櫃子裡。」

紗季回溯著記憶，這時領頭的松浦突然停下腳步。篠塚撞上他的背，「幹麼突然停下來？」

「喂，你們有沒有聽到？」

松浦的聲音嚴肅得反常。聽到他這話，眾人都屏住呼吸，張大了耳朵，但也沒聽到什麼特別的聲音。即使有什麼動靜，屋子裡除了我們以外，本來就還有別人，也沒什麼好奇怪的。

「沒聽到啊？」

芽衣子才剛不滿地這麼說，不知何處便冒出一道「鈴……」的一聲，我們全都定住了。

「那是……鈴聲嗎？」

我口中喃喃，朝聲音傳來的方向望去，鈴聲似乎是屋外傳來的。鈴聲留下嫋嫋餘音完全消失時，毛玻璃另一頭有一團搖曳的白光一晃而過。

「呃、喂！……那是什麼？」

篠塚聲音發顫，跳也似地後退。

「有人經過吧，有什麼好驚訝的？」

九條家面對大馬路，平時都被路燈照亮，現在卻不知爲何一片漆黑，玻璃另一頭被深淵般的黑暗所支配。就像紗季說的，有人經過是很正常的事，但都市也就罷了，這樣的鄉下村落，應該沒什麼人會三更半夜在外頭閒晃吧？

每個人應該都有一樣的想法，雖然感覺不對勁，卻沒有人採取行動，去確定那團光究竟是什麼。正當眾人猶豫著不知如何是好，背後傳來有人下樓的聲音，刺眼的光照向我們。

「喂，你們杵在那裡做什麼？」

「宮本嗎？」

我聽聲音這麼猜測，朝著光問，宮本把手上的光——手機的手電筒拿到下巴附近，照亮自己。宮本身後還跟著那那木。那那木和白天一樣，西裝筆挺，旁人看了都要替他覺得熱。

「出了什麼事嗎？」

被這麼直截了當地一問，我們幾乎是無意識地面面相覷。雖然不是能三言兩語交代的單純狀況，但坦白說，也不是什麼值得大驚小怪的事。

「總之先開燈吧。有話等下再說。」

松浦說完便打開櫥櫃，伸手摸到了斷路器。這時他錯愕地驚叫：

「不是斷路器的問題。電源好好的。」

應該也不是不信他的話，但爲了確定，宮本還是用手機燈光照向松浦的手。

「眞的。不是跳電的話，燈怎麼會熄掉？」

「不要問我啦。」

「外面的路燈也熄了，是這一帶大停電嗎？」

聽到紗季的話，眾人全都走向玄關。在這樣的對話中，一股不祥的預感不爲人知地在我的心胸翻攪起來。

停電。這件事本身沒什麼大不了的。令人介意的是，爲什麼是這時候？還有，剛才穿過屋前的那團光是什麼？不是手電筒，也不是路燈的光，是一種冰冷凝結、空虛的光。

鬼火。人魂。這些詞彙掠過腦際。穿過我們面前的，會不會是某種不屬於這個世界的事物？我被這種想法給攫住，背部一陣悚然。我沒辦法把這個想法告訴任何人，無處可去的疑問只是梗在心頭。

「總之，我去叫我爺爺還是我爸，跟他們——」

然而紗季的話被外面突然響起的刺耳慘叫聲給打斷了。

「那、那是有人在慘叫吧？」

「會不會是在求救？」

宮本說，率先衝出屋子。遲了一拍，那那木跟了上去，我們其他人也跟上去。雖然我不願意離開屋子，但總比糊里糊塗地被丟在這樣的一片漆黑當中好多了。

來到大馬路，如同想像，是一片黑暗，鄰近屋舍也沒有半點燈火。被異常耀眼的月光照亮的村中光景，讓人覺得宛如誤闖異世界一般，激起不安。

「有人嗎？怎麼了嗎？」

宮本朝著連數公尺前方都看不清楚的黑暗呼喚。沒有回應，但不遠處的巷弄亮著矇矇白光。不是手電筒也不是火光，若要比喻，就像是螢火蟲發出的微弱光芒。

如果那真的是螢火蟲的光，真不知道該有多好。與幽光一同出現在巷弄角落的，是一名戴著帽子的中年男子，身上的工作服破爛得不忍卒睹。男子蜷著瘦骨嶙峋的身體，上身前屈，一步慢似一步，踩著烏龜般鈍重的步伐往前進。雖然不知道是怎麼回事，但男子的身體散發出淡淡的光，在伸手不見五指的黑暗中，像鬼火般搖曳著。

男子的臉頰嚴重凹陷，半張的嘴巴露出無力地垂下的舌頭。那張皮包骨的臉上完全感覺不到生氣。不僅如此，男子的身影看起來就像半透明。

「喂……呃、你……」

松浦從喉嚨擠出呻吟般的聲音。男子以空洞的眼神注視著半空中，踩著虛浮的步伐穿過馬路。

「哦？這可妙了。」

就站在我旁邊的那那木以小得幾乎無人聽得見的聲量，但確實這麼自言自語。接著他嘴唇扭曲，發出笑聲。隨著「咕咕咕」的壓抑笑聲，那那木的側臉轉爲有些陰森邪惡的表情。

「那是什麼？那到底是什麼！」

松浦指著男子離去的方向，驚慌地大叫。當然沒有人能回答他。

「討厭，感覺好不對勁。我們快點回去吧。」

芽衣子催促我們，轉身要走，卻發出尖銳的慘叫。因爲好幾個與剛才穿過馬路的人完全一樣的人已經逼近我們背後了。

我們根本無暇去數總共有幾人。面對表情都一樣空洞的一群人，芽衣子尖叫一聲，跳到旁邊去。我們也跟她一樣避開讓路，不敢呼吸。斷續綻放白光的那群人花了老半天，以幾乎擦過我們肩膀的距離陸續經過。

所謂嚇破膽，就是這種情形。

「那是什麼……？鬼嗎……？不會……吧？」

慶幸的是，奇妙的一群人看也不看我們，往馬路另一頭離去了。直到他們的身影完全消失後，芽衣子才像是自言自語地這麼問。

「怎、怎麼可能……」

篠塚劇烈地哆嗦。

「那你說那是什麼？」

紗季尖銳地問，篠塚只是窩囊地「啊嗚」咕噥。

——就在這時。

「噫！不要來！不要過來！」

男人離去的馬路前方，傳來拚命如此哭訴的男聲。

「啊……嗚啊啊！不是我！我什麼都……啊啊啊！」

同一人的聲音再度傳來，我們都再次僵住。只有一個人——那那木毫不畏懼，跑向前方的黑暗。

「啊，那那木先生！」

那那木不聽制止跑掉了。留下的我們裹足不前，結果還是跟著跑了過去。

「噫啊啊啊……啊……住手！救人——」

男子的聲音不自然地斷掉了。就像電視機關掉一樣，戛然止息。

穿過馬路，拐過轉角，眼前是那那木的背影。

「那那木先生，怎麼……」

正欲發問的話中斷了。那那木用手機燈光照著前方。燈光微弱地照亮破敗的小巷，浮現佇立在那裡的一個影子——穿著一襲比黑暗更深的黑衣的女子。

女子的側臉、脖子，以及露出袖口的雙手，都白皙得令人膽寒。她俯著頭，一頭漆黑的及腰長髮在夜風中飄動。她一手拿著木槌，柄很短，頭的部分有人頭那麼大，另一手則握著柄尾分成三叉的鈴。腳邊掉著一團約有大型犬那麼大的黑色塊狀物。

那個倒臥在地面、手腳朝不自然的方向歪折的黑色「物體」，各處露出穿破皮膚的白骨，原本應該是頭部的位置卻是空的，柏油路面散落著被磨碎一般的肉片。四下一片濕黑，就像在述說著眼前淒慘的景象。

「是人嗎……？喂，那是人嗎……？」

松浦驚慌失措地問，沒有人回答他，但每個人也都理解這個事實——理解那團黑色的物體，就是剛才發出慘叫的男人。

一陣難以忍受的嘔吐感襲來，我忍不住摀住了嘴巴。

「嗚、嗚哇啊啊啊啊！」

篠塚嚇到腿軟，一屁股跌坐在地。他雙手撐地，隨即爬起來要跑，被一道凌厲的聲音制止了。

「慢著，不要動！」

是宮本出聲喝斥。他以難得一見的緊迫態度喊道，目不轉睛地注視著巷子前方。篠塚凍結似地停止動作，我們也聽從宮本的指示，一動不動地靜觀其變。

「這是……」

那那木冷靜地呢喃道。眨也不眨地盯著黑衣女子的那雙眼睛，有著即使目睹異樣之物，也絕不失去冷靜的堅強意志光芒。

求救的男子早已變得面目全非。一旁，黑衣女子只是凝身不動地佇立著，身上的衣帶與和服在夜風中飄動。表情被一頭黑髮和深邃的黑暗所遮掩，無法窺見。她有種和那些工作服男人相同的虛無感，另一方面卻又以無可言喻的威懾感將我們束縛在原地，甚至不許我們逃離。

女子緩緩側頭，轉向這裡。瞬間，更強烈的駭懼籠罩了我的全身。雖然看不見女子的表情，卻近乎刺痛地感受到她正在看著我們。其中存在的，不是什麼凡庸的人類感情，而是不可能再強烈的赤裸裸惡意。是一團龐大的怨念。

短暫的膠著之後，女子的手一動，緊接著清脆的鈴聲響起。那道鈴聲拖出長長的尾音，留下黏附在汗濕肌膚上的餘韻，被吸入黑暗中消失了。這時，我們頭頂的路燈閃爍起來，下一秒，耀眼的燈光照亮四下。

「──喂，那女的去哪了？」

率先出聲的是松浦。

沒看到黑衣女子的人影。就在路燈的光剝奪了我們的視野的一眨眼工夫之間，女子已經消失得無影無蹤。留下來的，只有悲慘的屍骸及嗆鼻的血腥味。男子的頭部被砸碎得毫無原來的模樣，甚至令人懷疑這是人嗎？我們重新正視被破壞殆盡的淒慘屍體，必須竭盡全力，才能夠維持理智。

我在幾乎傻掉的狀態下望向那那木，只見他手扶下巴，似在沉思。表情冰冷，缺乏感情，面對眼前異樣的情景，也沒有驚慌失措，反倒是意氣飛揚地在思考。

看到這樣的那那木，我感覺到一股有別於眼前這幕悲慘景象的、自體內沸騰而出的恐懼。

第三章

深夜的皆方村陷入雞飛狗跳。

我們望著忙碌往來的警方人員，處在仍未消退的不適亢奮中，接受問案。數名警察輪番提出相同的問題，每次我們都話說從頭，卻不可能做出像樣的回答。

而且，就算說明我們看到一群遊蕩的工作服男子，或屍體旁邊站著一名黑衣女子，也沒有半個警察相信。當然，我們也明白要別人相信這番說法，才是強人所難。

令人意外的是那那木。面對警方，他只簡略說明一句。

「有人求救，卻遭人殺害，旁邊站著一個模樣不尋常的女人。那個女人趁我們一時不注意，逃走了。」

既然他是來蒐集怪異傳說的，應該不會把那些奇怪的情景當成單純的夢境或幻覺。這一點從他看到工作服男子和黑衣女子時的反應和表情，也顯而易見。因爲當時那那木應該正沉浸在終於邂逅尋尋覓覓事物的幸福，品嚐著不爲人知的歡喜。

他是認爲即使說了，也不可能有人相信，所以乾脆放棄說明。或者是根本不打算依靠警方，對警方不抱希望。

還有一件令人介意的事，就是那那木趁著警方人員離開的空檔，打電話出去。雖然壓低了聲量，但旁邊的我隱約聽到了內容。

「是我。你在哪裡？當地警方已經開始進行現場勘驗了。」

從口氣聽來，是打給朋友嗎？或許那個人原本預定與他一同進行他的畢生職志，卻因爲某些理由耽擱了。不管怎麼樣，那那木都沒有做出任何說明。

天色將白的時候，我們暫時獲得解放，可以回家了。但我們是命案的第一發現者，被嚴厲交代在承辦刑警同意之前，不得離開村子。雖然沒有把我們關起來，但也不打算放我們自由吧。

宮本回去自己家，其他人回到九條家。每個人都疲態盡露，我們也沒說什麼話，返回各自的房間休息了。我倒在凌亂的被窩上。身體疲倦，意識卻亢奮不已，無法入睡。但躺了三十分鐘左右，也稍微假寐了一下。

在夢與現實的境界變得模糊的意識中，思考連上了某段記憶。那名女子身上比黑暗更深的漆黑和服，那身服裝我有印象。爲了得到答案，我深入挖掘封存在昏暗意識底部的記憶。

很快浮現的景象，是我即將離開村子的最後一天，在三門神社的境內看到的霧繪。她發現準備默默離去的我，露出寂寞的表情。原本只有她那副神情深深地烙印在記憶中，但這時我唐突地想起了她當時穿的衣服。

那個時候，霧繪穿著一身漆黑和服。短袖和服、長袴、祭祀時外罩的千早（註），全身上下都是一片墨黑。

我驚愕睜眼，坐了起來。沒有錯。那身黑衣，和十二年前霧繪穿的一樣，是三門神社的巫女服裝。

想到這裡，更進一步的疑問讓我煩惱起來。這個事實意味著什麼？那名黑衣女子和霧繪有什麼關係嗎？

老半天之間，我就這樣爬梳著沒有盡頭的思考脈絡又放棄，然後又再次梳理。不知不覺間，窗外傳來鳥囀聲，射入的陽光刺眼極了。我整個人都清醒了，實在不可能再睡回去。無可奈何，我準備起身要去洗臉的時候，枕邊的手機振動起來。

『你今天幾點回來？』

是妻子傳訊息過來。看到那簡短的文字，我感到不同於先前的另一種憂鬱，嘆了一口氣。原本我預定今天下午就要收拾行囊回家去，但現在狀況改變，我無法離開村子了。雖然應該不至於被當成殺人兇手，但是在狀況明朗之前，應該會被留在村子裡吧。

問題是要怎麼向妻子解釋。爲了盡量不刺激她，我將訊息修改了一遍又一遍，傳送出去。

『抱歉，發生了一些事，我得留在這裡幾天。詳細情況等我回去再跟妳說。』

就算坦白說出昨晚發生的事，妻子當然不可能理解，而且我也不想害她瞎操心。不能在重要的懷孕初期讓孕婦不安，影響到胎兒。

想到這裡，我驚覺一件事。我還未能打從心底為妻子懷孕的事開心，然而在做決定時，我卻把它當成第一優先，這讓我自覺滑稽。

她的肚子裡有我們的孩子。我們必須養育即將出世的那個孩子。不是一個人活下去，而是成為一家人，攜手度過往後的人生。這是多麼辛苦的一件事，至少我自己回顧幼少時期，總是感到刻骨銘心。同時也覺得沒有做好這種準備的人，沒有資格成為父母。

看看社會，虐待自己的孩子，或是把孩子丟在炎炎夏日的車子裡，把他們活活熱死的父母，數量多到難以置信。每當看到這樣的報導，總會讓我省思成為父母的覺悟有多麼重大，又有多麼困難。我曾想過自己是否也會有必須立下覺悟的一天，然而實際面對這樣的狀況，我毫無準備的程度，連自己都要笑出來。

就算妻子看透了這一點，認為我來這座村子只是想要拖延面對，或是逃避現實，我當

註：千早（ちはや）為神道教祭祀活動中，巫女等神職人員所穿的衣服。一般為印有青色花鳥草木的白衣。

然也不可能有任何怨言。

我正要收起手機，簡訊鈴聲再度響起。

『這樣，我知道了。可是，我們差不多該好好談一談了。我想告訴爸媽，姊一定也會為我開心。』

我的視線在文字上反覆逡巡。我早就猜到，不同於我，她心中完全沒有「不生」這個選項。其實她非常想要向親人宣布喜訊，但因為考慮到我的心情，才暫時沒有告訴家人吧。

我們婚後才半年，但發現懷孕後，妻子的情緒一直很糟。我已經好久沒看到她過去那種溫柔開朗的表情了。因為這樣，我都差點忘了，就像我將她視為重要的人，她也一樣把我視為重要的人。她的家人一定也會為新生命的到來而歡喜。

這些我都明白。我明白，可是……

『回去以後，我們好好談一談吧。』

我只回了這段話，彷彿要逃離不可抗拒的事實般，離開了房間。

在屋子裡枯坐也實在窒悶，我想稍微呼吸一下戶外的空氣。走下樓梯，大和室那裡傳來有人活動的聲響，廚房飄來有些晚的早餐香氣。雖然隱隱約約，但也聽到人聲。

昨晚一起共進晚餐的只有忠宣，我和紗季的父親修，還有繼母薰都沒說上什麼話。因爲從以前就跟他們沒什麼接觸，所以覺得碰面也尷尬，我沒跟他們打招呼就直接出門了。

我沒有目的地，信步而行。可能是因爲昨晚的事，村人似乎都相當浮躁不安，每個人表情都很陰鬱。站在超市前面聊天的主婦、在公園享受日光的老人、遛狗的婦人——他們昨晚是否目擊到身體散發詭異光芒的一群男子？是否認識全身骨頭碎裂死亡的男子？村民如何面對他的死亡？

我毫無頭緒，但也不想向他們攀談，打聽情報，同樣懷著陰鬱的心情，在這座小村子漫無目的地走來走去。

雖然不是刻意這麼做，但不知不覺間，我經過發現男子屍體的巷子。現場已經沒有警方人員，但拉起了封鎖線，禁止進入。有個背影站在封鎖線前，探頭窺看現場。

我還沒出聲，那個人就先回頭了。

「咦？你是——井邑，對吧？你怎麼來了？」

「那那木先生才是，你在這裡做什麼？」

日頭逐漸爬上中天，氣溫也不斷升高，然而那那木還是老樣子，一身黑西裝。體感溫度應該相當高，他的神情卻一派清涼。

「昨晚的事讓我有些在意，所以過來看一下，但遺體那些好像全都清光了。」

哈哈哈——那那木悠哉地笑著，努了努下巴，指示巷子前方。我在內心反駁他，那麼慘不忍睹的屍體，怎麼可能一直放在原地？

「你說在意，是在意什麼？」

「我很好奇**昨天那群人**是從哪裡來的。」

那那木稍微抬起視線，環顧了周圍一圈。我無法理解他這話是什麼意思，困惑不已，那那木卻一副洞悉一切的態度，說著「你聽我說」，逕自說了下去。他的表情總有些神采飛揚，語氣也很雀躍。也許是找到人一吐爲快，讓他很開心。

「昨晚出現在我們面前的那群工人，他們不是這座村子的村民，**甚至根本不是活人**。」

「你說他們是鬼？」

「是啊，若說是遊蕩的鬼魂，從這個意義來說是一樣的，這樣形容是最直截了當的吧。但嚴格地來說，我認爲他們不是鬼。他們是亡者那一類的東西。」

「亡者……？」

我反問，那那木微微點了點頭，繼續說明：

「在陽世留下強烈的遺憾死去的人的靈魂——如果說這種憾恨的殘渣是鬼的話，他們就不符合了。因為照一般來看，他們是不會回歸陽間，卻也無法啓程前往任何地方的可憐的犧牲者。」

那那木強調「犧牲者」三個字，撩起有些自然鬈的黑髮。

「他們是那座隧道工程的工人。有些人承受不了過於嚴酷的勞動，搞壞身體而喪命，有些人死於坍方事故，死後仍無法離開冰冷的隧道，進退不得，是這樣的靈魂。這就是他們的來歷。」

這時，我實在無法掩飾臉上充滿猜疑的表情。我理解那群男人不是一般人類，但就算聽到他們是鬼魂、亡者，我的腦袋也沒柔軟到可以當場信服說「原來是這樣」。

「請等一下，這再怎麼說都太……」

「不可能嗎？可是事實上，那座隧道不是找到了許多白骨屍體嗎？」

「就算是這樣，那些人怎麼會現在才變成鬼——不是，我不曉得是亡靈還是亡者，總之他們怎麼會現在才跑出來？」

「你覺得奇怪嗎？」

被那那木一臉訝異地問，我不知所措地說：

「當然奇怪。你應該知道，我是這裡出生的，一直到國中以後才搬到外地。至少我住在這裡的時候，從來沒有發生過昨晚那種事。如果就像你說的，昨晚我們看到的是死者的鬼魂，明明過去他們有那麼多機會可以現身啊。」

「嗯，這是理所當然的疑問呢。」

那那木佩服地點點頭，有些誇張地聳了聳肩。

「不過，就算從來沒出現過的東西，在昨晚突然冒出來，也沒什麼好奇怪的。就像天地異變一樣，怪事都是在某一天突然發生的。而且也不是毫無理由、突然發生的。只是你或村民不知道而已，怪事的根源在很久以前就已經種下了。在無人知曉的情況下，事情逐步發展，某天終於超出容許值，災禍爆發。就算我們在水壩的這一邊再怎麼張大眼睛看，也看不出另一邊已經積了多少水，對吧？」

那那木無所事事地重新打好領帶，補充說「是同樣一回事」。他的動作和語氣沒有半分猶疑，也不像是想要設計我而信口開河的樣子。他的一言一行帶有奇特的說服力，強勢顛覆我的常識，把他說的內容已新的事實植入我的腦中。

「當然，我也完全不明白現在這座村子發生了什麼事。那些亡者眞的是從隧道來的嗎？那名男子的死法怎麼會那麼神祕？其中有什麼因果關係？更重要的，是那名黑衣女子。」

那那木的聲音染上了些許激動。

「她與亡者顯然完全不一樣，連是生者還是死者都曖昧不明，從她的身上，我感受到撕心裂肺的怨念。如果那不是活人，肯定是難得一見的強大妖魔鬼怪。」

我完全不想否定那那木的主張。從狀況來判斷，說是黑衣女子殺害了村人應該不會錯，而且她在一瞬之間消失無蹤，由此判斷她並非一般人類，或許比較合理。但比起這些，更令我介意的是那那木述說時的模樣。雖然口吻完全不情緒化，但他仍無法克制湧上心頭的感情，笑容滿面。他回想著我們遭遇的奇妙現場，以及殘忍殺人的女子，竟得意地笑著。

是什麼讓你覺得那麼愉快？你怎麼能像那樣笑？我用力嚥下這些問題，隱藏著輕蔑那那木的心情，繼續與他對話。

「那，你看出什麼了嗎？」

「很可惜，沒有半點線索。果然還是應該先看看岸田先生遇害的現場。」

那那木喃喃自語，我忍不住反駁他道：

「還在說？難不成你要說昨晚的事，和岸田先生的命案也有關係？」

「就是要查出這一點。至少昨晚遇害的男子——他姓山際，山際先生和岸田先生之間，應該有某些確實的共通點。」

「你是說他們的死法都一樣吧？可是就算殺害手法相同，也不一定就是同一人所爲。」

「當然了。但同時也無法確定並非同一人所爲。所以才教人耿耿於懷啊。」

那那木的嘴唇再度扭曲，就像發現樂事的孩童般笑了。

「殺害山際先生的那名巫女，也是殺害岸田先生的兇手，那那木先生這麼認爲，對吧？」

我搶先說出口，瞬間那那木用一種看到不可置信之物的眼神注視著我，接著用力抓住我的雙肩。

「——你說什麼？」

「咦？咦？等一下，那那木先生，很痛，很痛啦！」

那那木抓住我的肩膀，手指力道大得難以置信。我害怕再被他抓下去會骨折，忍不住扭動身體，掙脫他的手。

「抱歉。可是，拜託你再說一次。你剛才說什麼？」

「我說了什麼奇怪的話嗎？」

我反問，那那木一臉嚴肅地回答：

「你說『巫女』。你確實是這麼說的。那個穿黑色和服的女子，你覺得是巫女？」

這時，我總算理解那那木想要表達什麼了。

「看到那身黑色的和服，竟聯想到巫女，這實在很不自然。說到巫女，一般都是穿白色短袖和服和緋紅長袴的。」

「不，那是因爲……」

「爲什麼你會認爲那名黑衣女子是巫女？告訴我詳細理由。」

就算想要矇混過去也太遲了。顯而易見，臨陣磨槍的藉口對這個人不管用。那那木的眼神就宛如某種猛禽，被他異樣的眼神所震懾，我勉爲其難聽從了他的要求。

「我以前聽說過，三門神社在舉行儀式，進行『神靈附體的奇蹟』時，除了神主以外，還需要巫女。詳細情形我不知道，而且我根本沒看過儀式……」

這是以前和霧繪聊天的時候，她稍微向我提到的模糊資訊。因爲也沒什麼確實的根據，我的語氣自然也變得軟弱起來。

「唔，神社的祭祀中，一般都是神主唸祝詞，巫女表演舞蹈。三門神社有巫女，也是很正常的事。」

那那木插進我的話，沒人拜託，卻逕自解說起來。

「說起來，現代神道教當中的巫女，大半都是指祭祀輔助者。最早期的巫女以邪馬台國的卑彌呼爲代表，在古代神道教中扮演著重要的角色，但是在父權社會確立以後，巫女的地位也逐漸式微。同時古代的巫女必須具備的薩滿成分遭到排除，取而代之，身爲神妻的處女性質獲得強調，漸漸地被單純要求是『神聖的存在』。因此擔任巫女的人只限年輕女子，基本上只要結婚就必須退休。不過也有資料顯示，在某些地方任何年齡的女子都可擔任巫女，因此這無法一概而論。」

那那木豎起食指，就像在提醒我注意，又繼續上他的課。

「附帶一提，巫女成爲神妻的祭祀，稱爲『聖婚儀式』。全世界有許多神話描述了聖婚，在日本，蛇神與人類女子結婚的三輪山傳說，也是一種聖婚神話。此外，《古事記》中登場的女神天宇受賣命也褪去衣物，赤裸上身，在天岩戶前舞蹈，展現了非常性感的一面。這一類的傳說，一樣隨著佛教傳來，漸漸遭到排除，巫女是神聖的、而且是純潔的處女這一點變成了最重要的條件。」

「喔，這樣啊……」

明明要求我說明，那那木卻自顧自得意飛揚地滔滔不絕。繼續放任他說下去，根本不會有進展。

「然後更進一步說——」

「那個，那那木先生，不好意思，可以回到正題嗎？」

我強硬地打斷那那木看不到盡頭的話，他總算回神似地輕咳了一下。

「失禮了。我**有點**離題了。這是我的壞毛病。」

那那木自嘲地這麼說著，慢條斯理地掏出一包菸，詢問我道：

「方便抽一根嗎？」

「請便。」

我回應，那那木抽出一根菸叼進嘴裡，接著發出悅耳的聲響，打開打火機蓋子點火，但不管撥動多少次，都只見小火花迸散，火點不起來。

「沒油了嗎？」

「嗯，老古董了，常常點不著。這是我叔叔的遺物，雖然不太靈光，但就是捨不得丟。對我來說，它就像是護身符。」

那那木有些靦腆地笑道，向我展示那支打火機。看來經常使用，到處都有細微的擦傷，光澤黯淡。表面有滿月與狼的設計圖案，背面刻印著由幾個圖形，或是記號般的花紋組合而成的圖案。

「我叔叔也跟我一樣，是個作家。不過他這輩子只出版過一本書，若要論成就，他遠不及我吧。」

「他算是那那木先生的師父嗎？」

我沒理會那那木不著痕跡地插進話中的自我吹噓，那那木有些不滿地皺眉。

「師父？他離師父這樣的地位遠得很，但確實為我帶來莫大的影響。我會像這樣蒐集怪異傳說，也是為了實現我跟他的約定。」

那那木靦腆地說著，卻又露出有些惆悵的神情。

試了好幾次，總算點著了火，那那木津津有味地吐出煙來。他目送著輕柔地升起的煙在微風中霧散，再次戴上沒有表情的面具。

「言歸正傳。我剛才說明的巫女，和你所知道的三門神社的巫女之間，有什麼不同嗎？」

「你問我嚴格來說有什麼不同，我也沒有自信……」

我含糊以對，那那木點點頭，催促我說下去。

「三門神社的巫女，巫女服是黑色的。以前我只看過一次……」

我說著，腦中浮現昔日的霧繪身影。全身穿戴著黑色巫女服，迎接香客的霧繪。

「看到山際先生的屍體旁邊的女子時，我一時沒有想起來。可是事後回想，我忽然想起那是三門神社的巫女服。所以剛才才會忍不住認定那名女子就是巫女……」

「哦……？」那那木恍然大悟似地輕呼了一聲，「黑色的巫女服嗎？這個資訊非常有意義。對你來說，黑衣打扮的巫女也很不尋常嗎？」

「是啊。其他神社怎麼樣我不清楚，但是在我的認知裡，說到巫女，就是白色和服配紅色長袴。不過只是衣服的顏色不同罷了，我不覺得這有多重要。」

那那木交抱手臂，手指輕抹鼻頭。

「唔，確實一般人所認知的巫女服紅白配色，並非正式規定的服裝。巫女的服裝，由所屬神社自由決定，紅白搭配完全只是一般狀況。證據就是，香川縣的金刀比羅宮的巫女，穿的是深紫色的長袴。但相對地，具備正式資格的神職人員就有正式服裝規定，其中也明定了不能穿戴的顏色——禁色與忌色。此外，大祭的時候，會穿著正式禮服『衣冠單』，最外面的袍的顏色依身分規定，只有最高級的神職人員能夠穿黑袍。根據這些事實，你也可以明白一身漆黑的巫女服有多奇異吧？」

那那木說了一大串，再次俯視我。

「就算沒有規定，除非有什麼重大理由，否則不可能會有巫女穿黑色服裝，是這個意思嗎？」

「沒錯。至於是什麼理由，我也還不清楚。」

說到這裡，那那木沉思了一會，以試探的語氣接著說：

「我想三門神社的巫女，與一般的『神社巫女』應該大相逕庭吧。」

「你說的『神社巫女』是什麼？」

明知道不該問，我還是忍不住問了。不出所料，那那木誤會我對他的話很感興趣，頓時整個人神采奕奕，如魚得水，眼睛閃閃發亮。

「那位知名的民俗學家柳田國男在著作裡把巫女分為兩大類，一種是服侍神社的『神社巫女』，另一種則是透過神靈附身，進行降靈的『附身巫女』。我認為三門神社的巫女比較接近『附身巫女』。」

附身、降靈，聽到這些陌生的詞彙，我的理解跟不上，就連柳田國男是何方神聖，都沒有聽說過，但如果問了，感覺會讓內容變得更拖沓，因此我刻意不問。

「除了神社以外的地方，也有巫女嗎？」

「當然了。巫女並非神社的專利。比方說，恐山的伊塔古（註）就很容易理解吧。伊塔古是一種靈媒，能召喚靈體附身在身上，進行通靈。基本上由女性擔任，讓附身的靈體透過她們說話，與求助者對話，藉此連繫死者與生者。」

說到這裡，那那木「啊」了一聲，想到似地補充說：

「對了，原本恐山並沒有伊塔古。一般人所知道的恐山，是『恐山菩提寺』，是曹洞宗的寺院。自稱伊塔古的靈媒聚集在那裡，香客前往那裡向她們求助，結果『恐山』成了伊塔古所在地的代名詞。但伊塔古並不屬於任何宗教團體，算是民間宗教人士，和曹洞宗也沒有任何關係。然而由於這個普遍流傳的認知，據說恐山有時也會接到抗議電話，說遭到自稱伊塔古的詐騙師所騙。簡而言之，恐山（寺院）和伊塔古（民間宗教人士）被混淆在一起，稱爲『恐山的伊塔古』了。」

「喔……眞是上了一課……」

「呵呵，這樣啊，我想也是。」

那那木滿足地笑了，但向我炫耀完知識後，好像總算發現不對，咕噥著「又離題了」，假惺惺地清了幾下喉嚨。

註：恐山的伊塔古（イタコ，itako），正式表記爲片假名，雖有人使用漢字「潮來」，但潮來爲地名，與伊塔古無關。本書採用音譯。

「總之這裡重要的是，伊塔古『召喚死者，仲介死者和生者』這樣的特性。她們讓求助者想見的死者附身在自己身上，協助傳達生前未能說出的心意，或是道別。這也叫『神靈附體』……噢，你不覺得好像在哪裡聽過嗎？」

那那木還沒問出這個問題之前，就有什麼一直讓我感到在意。

遲了一拍，轟雷掣電一般，點和點連成了線。

「三門神社的『神靈附體的奇蹟』……」

「沒錯。很像三門神社為香客執行的儀式吧？讓召喚來的靈體附身的『附身巫女』，除了伊塔古以外，還有青森縣的『神女（註一）』、沖繩的祝女（註二）或『於他（註三）』、韓國的巫堂，就像這樣，是國內外都很常見的習俗。共通之處是以女性居多，以及降靈的時候會陷入一種出神狀態，來與神靈連繫。如果三門神社的黑衣巫女具備相同的性質，那麼『神靈附體的奇蹟』可以讓香客與死者再會，也很合理了，不過——」

說到這裡，那那木有些欲言又止，露出嚴峻的表情。

「——總覺得少了什麼。雖然這感覺很模糊，但我覺得三門神社的儀式，和附身巫女進行的單純降靈術有某些涇渭分明、截然不同的要素。而這與岸田先生和山際先生遇害的理由相關。」

「別的要素是什麼？你想到什麼嗎？」

那那木搖了搖頭，沉重地嘆了一口氣。

「完全不明白。解謎的必要資訊，目前徹底不足。」

那那木扼腕地這麼作結，把吸到快碰到濾嘴的香菸撳熄，闔上攜帶式菸灰缸，吁了一口氣。

那那木所說的內容，我並非完全理解。但他具備豐沛的知識，並能在外行人的我也能理解的範圍內侃侃而談，他這種充滿說服力的特質讓我由衷欽佩。最重要的是，他僅靠著我提出的零碎資訊，就考察得如此深入，雖然我是外行人，也覺得非常了不起。這是他身為作家的實力嗎？或者是受到更不同的、某種無法言說的力量所驅動？

「我想要蒐集更進一步的資訊，但三門神社已經不存在了。一族滅門，建築物也燒毀了。這樣一來，要找到線索，就得下一番苦功了。」

註一：日文為「カミサマ（kamisama）」，與「神」同音。
註二：日文為ノロ（noro），為琉球神道教的女性祭司。
註三：於他（音譯，ユタ，yuta），沖繩的民間宗教人士。

那那木語帶挖苦地自言自語道：

「那座隧道發現白骨，是十六年前的事。三門神社燒毀，是十二年前。來自隧道的亡者，與來自三門神社的黑衣巫女同時出現在村子裡，一定有某些理由。既然有妖魔鬼怪，就一定有起源。除非查出它的源頭，否則往後一定也會繼續發生和昨晚相同的事吧。」

「你是說還會有人被殺嗎？」

我提心吊膽地問，那那木銳利地盯著我，默默地點了點頭。瞬間，昨晚的光景鉅細靡遺地浮現腦海，一陣戰慄竄過全身。這意味著我承認了我應該徹底否定的鬼怪眞實存在。短短一晚發生的事，加上那那木的解釋，似乎徹底顚覆了我的價值觀。證據就是，現在我感覺到一股近似使命感的強烈衝動，覺得非揪出出現在村子的鬼怪眞面目不可。

2

「——嗯？」

返回九條家的路上，那那木輕呼一聲，停下了腳步。

「怎麼了嗎？」

我問，那那木以眼神示意馬路前方。數戶住家密集的馬路角落，有幾名村人。乍看之下，就像站在街角閒聊，但氣氛不太對勁。三個都是年約四十多歲的男性，一邊談笑，視線卻固定在我們身上。從那陰險的眼神，我立刻看出他們對我們抱有敵意。

「他們找我們有什麼事嗎？」那那木說。

「天曉得。」

與其說有事，感覺更像要找碴。

「剛好，去向他們打聽一下吧。」

「咦？等一下，那那木先生？」

那那木丟下不知該如何處理才好的我，颯爽地走向男人。可能是被步伐堅定地快速拉近距離的那那木給嚇到了，那些男人忽然浮躁起來，匆匆離去了。

他們跑得很快，甚至來不及叫住他們，但與此同時，也證明了他們因爲某些理由在監視我們。

「走掉了。眞可惜。」

我沒理會埋怨的那那木，兀自沉思起來。村人監視我們，到底要做什麼？想快點把我們趕出這座村子嗎？或只是看不順眼外地人大搖大擺地在村子裡走動？

不管怎麼樣，氣氛確實十分詭譎。我抬起視線，環顧四周。應該熟悉的村中景象，現在卻恍如另一個世界。

懷著難以釋然的心情回到九條家，朋友聚在大和室裡，吃著午餐準備的麵線。

「陽介，你去哪了？跟那那木先生約會嗎？」

芽衣子輕浮地問，我含糊地說「嗯，出去一下」，坐了下來。看了一下聊些言不及義的話題談笑的朋友，發現只有宮本不在。

我問紗季，她回答：

「昨天遇害的人，好像是在宮本那裡上班的員工，所以他好像得幫忙準備葬禮那些的，沒辦法過來。」

都市地區也就罷了，但是在皆方村這種人口嚴重外流的地方，有人過世時，只靠家屬親戚，很難籌備葬禮事宜。因此街坊鄰居會團結合作，幫忙處理，相互照應。

有個詞叫「村八分」，指的是全村對某一戶人家的制裁。簡而言之就是十項村莊的共同活動當中，火災時的救火和葬禮這兩分若是置之不理，會殃及他人，因此村人仍會協助處理，而其餘八分（註），則是任其自生自滅。若是不彼此扶助，在人口極端不足的村子裡，生活會無以爲繼。村子裡沒有殯儀館和寺院的皆方村也不例外。

「我爺爺也是，一早似乎就很忙。發生了那種事，一些閒得發慌的人會興高采烈，或許也是難怪。」

紗季這話有些不莊重，但沒人規勸。可能是刻意避開昨晚的話題，每個人都像在觀察彼此的臉色，氣氛相當尷尬，正當我開始感到窒息的時候，紙門突然打開，宮本探頭進來。

「啊，我們正聊到你呢。肚子餓了嗎？」

「不會，我吃得差不多才來的。」

宮本抹著額頭的汗珠，放下手中的包包，坐到我旁邊。

「葬禮準備很辛苦嗎？」

我問，宮本眼鏡底下的眼睛滲透出疲憊，點了點頭。

「畢竟是那種狀況。要是病死或意外事故也就罷了，那種死法，家人應該也很難接受吧。」

這一點每個人都同意。即使不是家人，應該也無法輕易接受。

註：其他八項活動爲：成人禮、婚禮、生產、生病、建屋及改建、水災、法事、旅行。

沉重的氣氛就要再次籠罩和室，那那木突然開口：

「聽說是兒子去認屍的。頭部徹底遭到破壞，無法辨認長相，但因爲身上有特別的痣，才能認出是父親的樣子。」

這話引起全員的注意。

「據說家人哭天喊地，場面教人不忍卒睹。山際先生才剛逾花甲，孫子就快出生了。沒能抱到孫子就離開，他一定很遺憾吧。」

「——等一下，那那木先生。」

我打斷邊吃麵線邊淡淡地述說的那那木，提出疑問。

「你怎麼知道這麼多？」

那那木似乎不明白問題的意思，愣怔了片刻，輪流看著我們，嚥下口中的食物，說：

「這是所謂**來自可靠管道的消息**。現在我只能透露這麼多。」

紗季和松浦一臉無法信服，但就算這時候追問，那那木也不可能告訴他們詳情。

可能是對這件事的不耐情緒助長，松浦咒罵「眞是，到底怎麼搞的」，粗魯地嘆了一口氣。

「其實我們現在應該坐在回家的電車上。爲什麼非得像這樣被關在這裡不可？」

「警方不是說了？因爲我們是殺人命案的第一發現者啊。」

紗季用受不了的口吻回應他。

「這我是知道，可是這樣豈不是把我們當成嫌犯了嗎？我還有一堆工作等著回去處理！」

「我也是，好嗎？好不容易可以得到不錯的工作機會，現在卻可能被其他女生搶走。眞是倒霉透了。」

芽衣子也跟著埋怨，爲自己的窘境哀嘆。兩人沉默之後，大和室被格外沉重慵懶的氣氛所支配。

「我說，**昨天那個**到底是什麼啊？」

宮本低聲說道。

「你說**哪個**？」

紗季問。她是在問，是遊蕩的那些男人，還是黑衣女子。

「兩邊都莫名其妙，但我比較在意的還是殺害山際先生的兇手。」

「那是女人吧？那個女人果然是兇手嗎？」

芽衣子一副忍不住要問的態度。

「她拿著凶器，站在屍體旁邊，當然是兇手啊。要不然她怎麼會那副樣子在那裡？」

「可是這村子有那種女人嗎？怎麼說，感覺很不普通，讓人不敢靠近……」

篠塚吞吞吐吐地插嘴，那張臉和昨晚一樣蒼白。

「說起來，那真的是人嗎？」宮本說。

「咦……？不是人的話，那是什麼？」

「鬼……之類的……」

宮本愈說愈沒自信，含糊收尾，沒有人提出否定。一定是因為每個人都有著相同疑問。

「我想起一件事。」

篠塚介意著周圍的反應，稍微舉高手說：

「那個女人穿的黑色衣服，是三門神社的巫女服，對吧？喏，大家也都看過吧？神社失火不久前，霧繪穿的……」

篠塚說到這裡沒了力，語尾無疾而終地消失了。每個人都尷尬地、神情有些陰鬱地噤聲不語。這份沉默，說明了在場每個人都得到了相同結論。

「三門神社的黑衣巫女化身怨靈，殺害了山際先生。這是最有可能的結論。」

那那木快刀斬亂麻地說出的這句話，宛如電流般竄過我們之間。

「咦？咦咦？什麼？怨靈？」

「三門神社的巫女？這不可能，因爲那裡已經……」

「討厭，意思是妖魔鬼怪嗎？」

朋友幾乎陷入恐慌，七嘴八舌地嚷嚷著。

「難不成是霧繪……？」

其中宮本說出口的一句話，引來所有人的注意。

「宮本，你在說什麼……？」

「就是啊，那怎麼可能是霧繪？她才不可能做出那麼殘忍的事。」

紗季和芽衣子同聲反駁，否定宮本的意見。

「可是我們不就看到了嗎？看到那個站在山際先生屍體旁邊的黑衣巫女。神社失火前，霧繪不是說過預定要舉行換代交接儀式嗎？說她母親已經沒辦法繼續執行職務了，所以要換她當巫女。那麼，那個黑衣巫女會不會就是霧繪？」

「等一下，宮本，這再怎麼說都太跳躍了吧？首先，霧繪──」

「──等一下。」

我想修正方向錯誤得離譜的話題，卻被紗季打斷了。

「——這麼說來，我聽霧繪本人說過，她母親身體狀況一直很差，神社的職務讓她感到很吃力，所以霧繪必須接下職務。」

「這麼說來，我們都沒見過霧繪的母親呢。好像有什麼複雜理由。」

「我爺爺說，霧繪的母親從以前就體弱多病，很少露面。生下霧繪以後，病情更加惡化，一直關在家裡。」

篠塚和紗季表情沉痛地彼此點頭。

「這麼說的話，你們之中沒有任何人見過三門霧繪的母親？」

那那木問，芽衣子點頭。

「我們去神社玩的時候，也只會見到霧繪的父親和像是幫傭的老婆婆。她家裡應該還有祖父，但從來沒看過母親……」

其中有一些複雜的內情，霧繪本人曾經向我提過一次。

霧繪的母親三門雫子從霧繪小時候身體就不好，不僅不會拋頭露面，甚至連家人都不見。生下霧繪以後，身體狀況更差，精神方面好像也變得不穩定，孩子都交給奶媽帶，因此霧繪沒有任何和母親相處的記憶。她很寂寞地告訴我，她甚至從來沒有好好看著母親說過話。

明明生活在同一個屋簷下，卻連見都見不到母親，霧繪不知道該如何看待這段關係。對於這樣的她，我不知道該說什麼好，甚至連鼓勵她都做不到。

「可是，就算那個黑衣巫女是霧繪的鬼魂，爲什麼她要殺山際先生？」

「這……」

被紗季嚴厲地追問，宮本的表情沉了下來。

「──不，這不可能。」

我忍無可忍地自言自語，所有的人都望向我。

「因爲霧繪她……她才不可能像那樣憎恨什麼人……」

「世上沒有什麼不可能的事。三門神社長年執行把死人叫回來的『神靈附體的奇蹟』，以前大家不是都天經地義地相信嗎？只要有三門神社的儀式，就能見到死去的人，所以對於死亡，沒有什麼好難過的。爲了這項奇蹟，許多香客來到村子裡。就是有那麼多人相信這件事。不是詐騙也不是造假，三門一族實際上眞的能引發召喚死者的奇蹟。黑色的巫女服，還有她手上拿的木槌和鈴，如果和儀式有某些關係，就解釋得通了。」宮本說。

「或許是這樣吧，可是霧繪她──」

我仍堅持己見，宮本用力搖頭制止我。

「我也覺得霧繪殺人，這太匪夷所思了，也完全不明白理由是什麼。可是有沒有這個可能？昨天的她，不是我們認識的霧繪。」

「意思是，她已經不是活著的時候的她了？」紗季問。

「或者也有可能是因爲死亡，她對村子的強烈恨意顯現出來，讓她變了一個人。」

那那木接著插嘴。我難以判斷誰說的才對，但每個人都已經快要相信那名黑衣巫女就是霧繪了。他們想要藉由這麼做，找到一個解釋神祕現象的答案。

就算我再繼續唱反調，感覺也不會有人聽進去。

「可是，三門神社老早就沒有了，要怎麼把霧繪叫出來？有誰做得到這種事？」

「對啊，要進行那個叫回死者的奇蹟還是儀式需要巫女，對吧？但巫女已經死了，應該根本無法進行儀式啊。」

篠塚和紗季接連提出疑問，可能是想不到說得通的答案，宮本陷入沉思似地不說話了。

結果還是那那木挺身代打。

「如果沒辦法以正確形式進行儀式，那就是用有些脫離常規的方法召喚出來的，結果現身的黑衣巫女殺害了山際先生。這麼解釋，應該沒有矛盾。」

「有人召喚出霧繪的鬼魂，讓她殺人？爲什麼要做這種事？」

芽衣子摩挲著自己的手臂問。

「比較妥當的推測是，那個人有足以這麼做的理由吧。雖說是怨靈，但要操縱怨靈毫無理由地隨便殺人，是不可能的事。必須施加相當強大的咒術，或被害者本身有什麼理由招惹怨靈這麼做。」

這說法可以理解，但最關鍵的理由到底是什麼？

「那那木先生說的沒錯。喏，村長不是也說了嗎？三門神社的教義中，有一項是『有罪的人會遭到死者制裁』，這會不會就是在說這個？」

宮本靈光一閃似地拍膝這麼說：

「這麼說來，以前奶奶嚇過我，說要是做壞事，死掉的爺爺會回來罵我。」

「我也被這麼嚇過，說死去的父母隨時都在看著我，所以如果傷害別人，爸爸媽媽會傷心。」

「這座村子的人都被嚇過吧。我一直以爲是大人爲了管教小孩而編出來的話……」

篠塚和芽衣子，連紗季都加入肯定宮本的話。我自己從小聽到大的這些教訓，現在讓我感到恐怖萬分。

「原來如此，實在是值得玩味。」

應該是無法壓抑逐漸高漲的情緒，那那木的聲音明顯地變得起勁。

「制裁罪人，自古以來就是死後的世界，或是幽冥世界的職責。佛教認爲，人死後會在冥府接受審判。包括那位知名的閻羅王在內，七名判官各別以七天的時間評斷生前的罪業，做出判決。然後靈魂轉生到符合其罪行的世界。做壞事就下地獄，行善事就投胎到天界。這就是因果報應、輪迴轉生的概念。換句話說，人是在死後接受罪行的制裁，而進行制裁的，應該不是什麼死者。」

那那木突然上起課來，我們都半信半疑地傾聽著。

「相對地，神道教中，『陰間』指的是黃泉之國，男神伊邪那岐前往黃泉之國迎接在生產中死去的妻子伊邪那美，這個故事很有名。此外，『根之國』則是動粗的男神須佐之男命遭到放逐的地下世界。此外還有大海另一頭的世界，稱爲常世之國。常世之國被認爲是一種理想國，比起死後的國度，異世界的意涵更爲強烈。與剛才的地獄不同的地方是，這些世界都以某種形式，與我們生活的地上相連。伊邪那岐從黃泉之國逃回來的時候，在黃泉平坂放上一塊大岩石，從此阻斷了往來，由此可知，在那之前是可以自由來去的。」

那那木喝了口麥茶潤潤喉，輕吁了一口氣，繼續說下去：

「人死後會成爲這些國度的居民。這種情況，基本上是不會因爲生前的罪而受到制裁或痛苦的懲罰，強調的完全是相連的異世界這樣的一面。其背景來自於古代日本人的生死觀，亦即強烈地受到『死後靈魂會在這個世界遊蕩』的觀念影響。其中也沒有死者制裁什麼人的思想。在佛教傳入以前，對日本人來說，死亡是一種不淨，帶有污穢，是必須忌諱、迴避的。除了身分特殊的人以外，一般都是進行風葬或土葬。人們開始前往埋葬地點，對死者合掌膜拜，是由於聖德太子的推動改革。」

那那木說到這裡停頓了一拍，謹慎地看了看我們每一個人，接著連珠炮似地繼續說：

「基於以上的事實，對照關於三門神社目前所知的資訊，可以看到許多與傳統日本宗教觀極端大異其趣的特點。比方說召喚死者靈魂的『神靈附體的奇蹟』，這與其說是神道，更屬於薩滿宗教的範疇。神社是向神明祈禱，安撫神明的憤怒，或祈禱無病消災、五穀豐收的機構，絕對不會召喚死去的人。類型根本不同。

「接著是『死者制裁生者』的概念。這也一樣，說起來毫無道理。在人死後，進行制裁的是神明，若是生前，則是衙門的工作。至少絕對不是神社應該包攬的職責，遑論讓神道視為污穢、忌諱的死者去制裁人，更是不可能容忍的事。

「第三點，是儀式中不可或缺的角色巫女的裝扮。一般來說，巫女穿的都是視為表現神聖的白衣，但為何三門神社的巫女卻一身象徵相反意義的黑色服裝？根據我前面所說的兩點來推論，這暗示了三門神社的巫女需要的並非傳統的『神聖』，而是更不同的其他特質。三門神社果然擁有極端異質、屬於異端的獨特宗教觀，這一點不會錯。你們在這座村子出生長大，從小接觸三門神社的習俗，或許無法理解，但身爲局外人的我，可以明確地這麼斷定。」

那那木如此下了結論，謹慎地觀察我們每個人的反應。

紗季和芽衣子還有宮本聽了那那木的話，似乎頗有感觸，從頭到尾一臉嚴肅。至於篠塚，似乎聽到一半就放棄理解了，苦笑著像是在說「我跟不上」。至於從剛才開始就一直沉默的松浦，則是臉撇向一邊，彷彿毫無興趣。

「感覺好深奧，腦袋都要打結了，不過那那木先生是不是知道？就是霧繪的鬼魂會在這時候出現的理由。」

「唔，這個嘛——」

聽到紗季提問，那那木沉思了片刻。

「——完全不明白呢。眞傷腦筋，哈哈哈。」

他不關己事地笑了。緊繃的神經不禁放鬆下來。

「結果又回到原點了嗎？」紗季說。

「倒也不盡然吧。不管那那木先生的看法如何，假設山際先生犯了某些罪，那就是如同三門神社的傳說，罪人遭到死者制裁了，對吧？」

宮本確認地問，這時——

「你們有完沒完！眞是夠了！」

一道怒吼般的叫聲毫無預警地響徹大和室。

一直沒有參與對話、不悅地悶聲不響的松浦彷彿情緒爆炸，突然破口大罵。

「我可不是，我不一樣。不是那樣……」

「沒頭沒腦的，你怎麼了？」

宮本一頭霧水地問，松浦也不回答，肩膀微微顫抖，以布滿血絲的眼睛注視著桌子的一點。

「松浦，冷靜一點。」

篠塚伸手搭住松浦的肩膀，卻被後者用力甩開了。

「囉唆！你才是，還有心思在這裡廢話一堆！你也跟我一樣——」

話說到一半，松浦突然打住，站了起來，就像要逃離傻住的我們的目光。

「可惡，夠了。要繼續聊這種無聊事，你們請便吧！」

「喂，松浦！」

篠塚匆匆起身離席，追上單方面地撂話離開的松浦。

餘味苦澀的寂靜充滿了房間。

「他是發什麼神經啦？」

「不曉得，他還好嗎？」

紗季和芽衣子苦笑著納悶說。

橫眉豎目地大聲咒罵的松浦，眼中滲透出強烈的懼色。他極度害怕著什麼，爲了甩開恐懼，他試圖以憤怒來發洩。

到底是什麼讓他慌亂、情緒化成這樣？

我完全沒有底。

3

晚餐的時候，松浦沒有出現，問篠塚出了什麼事，他也只是含糊以對。我們身處這種狀況，就算松浦變得神經兮兮，鑽起牛角尖，也是很自然的事。總覺得窮追不捨也只會造成反效果，現在也只能任由他去吧。

因爲沒興致像昨晚那樣喝酒，用完晚飯後，我早早回到房間，結果收到妻子的簡訊了。

『我想聽聽你的聲音。想跟你說說話。』

就像她的作風，訊息很直接。我想打電話給她，點開手機螢幕，但立刻打消念頭。就算現在說話，一定也無法改變什麼。我們是兩條平行線，而且我也沒辦法巧妙地撒謊吧。到底該說什麼來關心她、討論未來，我毫無頭緒。

——對不起。

我在心中道歉，放下手機。因爲感到窒悶，打開窗戶，令人驚艷的明月正俯視著我。雖然不到滿天燦星的程度，但月亮周圍有著無數的星星正閃爍著。夜風有些陰涼，但我刻意去思考村子發生的怪事。

『罪人會遭到死者制裁。』

我完全沒想到兒時母親一再教導我的這句話，會以這樣的形式牽涉進來。

直到那一天，「那件事」發生以前，我一次也沒有懷疑過自己可能是罪人。但是現在不同了。每當想到「罪」這回事，我總是會第一時間就想起那件事。那是我和父親的記憶當中，最爲沉重、陰慘的一段。

父親離世之後已經過了兩年，但無以名狀的罪惡感仍緊緊地攫住我不放。恍如昨日，一切都歷歷在目，往後不管經過幾十年，我一定也無法忘懷。

染得一片鮮紅的狹小房間。苦悶到極點的表情。觸碰到父親完全冰冷的身體時的觸感，現在仍殘留在我的手上。

我是罪人。但我無法將這件事向眾人坦承。

我殺了父親，這種事我絕對不可能說出口。

我走出房間想去廁所，這時紗季從斜對面房間探出頭來。

「陽介，你怎麼了？臉色好差。」

紗季一看到我便擔心地問。

「你好像很苦惱。」

「沒事，也不是那樣，只是……」

「只是？」

紗季進一步追問，我佯裝平靜，卻也難掩困惑。

紗季平常不太會尋根究柢地打探別人的私事，現在卻難得爲我擔心。她的好意我很感激，但我還沒有勇氣把這折磨著我的苦悶罪惡感，以及肇因的事實吐露出來。

「是跟老婆吵架了嗎？」

「唔，差不多。」

「居然丟下老婆，跟老朋友廝混，不可原諒！被老婆這樣罵嗎？還是你跟芽衣子的事被抓包了？」

「不是，那是一場誤會啦。」

我連忙辯解，紗季調侃地笑著，揮著右手。

「我知道，只是開個玩笑。可是陽介，你果然被老婆騎在頭上。你從以前就優柔寡斷，或者說對任何人都不敢堅持己見。」

「也不是那樣……」

「這也沒什麼不好。這樣夫妻才會相處順利。那，什麼時候生小孩？」

被出其不意地這麼一問，我一時說不出話來。

看到我的反應，紗季笑了開來，就彷彿看出了一切。

「——這樣啊，恭喜。你也要當爸爸啦。」

「嗯，謝謝……」

這種時候，女人眞的很敏銳。我認爲事到如今再隱瞞也沒用，坦然道謝。但我的態度似乎讓紗季感到疑問，她一臉好奇地問：

「怎麼了？你不開心嗎？」

「當然開心啊。可是老實說，想到自己要當爸爸了，總覺得很奇妙。」

「這很普通啊。男人啊，事到臨頭都很不可靠。」

紗季的語氣有些死心認命，她撩起劉海。

「唔，你們家特別辛苦嘛。那個時候的你，總是一副隨時會死掉的表情。」

我不禁苦笑。雖然某程度早就猜到紗季的想法了，但是被當面這樣說，儘管是陳年往事了，依然覺得窩囊不已。

「從我的經驗來說，每個人一開始都會害怕的。可是小孩才不管父母怎麼想，一天天長大，結果還是只能習慣了。」

可能是想到留在東京的孩子，紗季的眼神搖晃了一下，浮現些許憂愁。

看起來有些落寞，就像在承受痛楚一般。

「總之，你要好好振作。要是露出這種表情，你太太也會很不安的。男人就該從容不迫，不動如山。」

紗季戳了戳我的肩膀，我微弱地呻吟，卻也感到懷念。我個性內向，經常悶悶不樂，紗季總是像這樣爲我打氣。即使是別人說了會感到刺耳的話，從紗季口中說出來，我就能坦然接納，十分奇妙。紗季平日或許是有些高高在上，讓人不太舒服，但她的這種個性，好幾次拉了我一把。

指頭一看，紗季就像平常一樣微笑。我也跟著露出笑容，心頭奇妙地輕鬆起來，有種清爽的安心感。我就要沉浸在這種感覺，這時走廊的燈開始明滅閃爍起來。

「咦？怎麼……」

紗季的聲音驟變，開始發顫，掃視周圍。就像要激起她的不安，頭頂的電燈泡閃爍了幾下，隨即無聲地熄滅了。

無聲的黑暗突然造訪。不安與焦慮執拗地折磨著我。

「欸，陽介，你看那邊……」

黑暗中，勉強可辨的紗季的指頭指著面對馬路的窗戶。我悄悄靠過去往下一看，發現一群身體發出白光的工作服男子。

「眞是夠了……怎麼又來了……」

紗季泫然欲泣，我也是相同感受。從馬路另一邊走來的詭異集團，光是看到的就超過十人。

「數目增加了。比昨天更多。」

聚在一起行走的男人——借用那那木的說法，就是亡者——焦點渙散的視線對著半空中，彷彿銬著腳鐐一般，拖著步伐，侷促地搖晃著身體。那形姿完全感受不到生氣，無庸置疑，是一群尋求光芒而不斷徬徨的死者。

「總之，得通知大家——」

我喃喃自語，鞭策生根似地不肯挪動的腳，轉過身時，冷不防一道「鈴……」的聲響拖出尾音響起。

我尋找讓人回想起前晚噩夢情景的聲音來源，視線在昏暗的走廊搜索，下一秒，震耳欲襲的慘叫聲劃破了黑暗。走廊前方，最裡面的房間紙門發出銳利的「唰」一聲打開來，一團黑影連滾帶爬地衝了出來。

「噫……噫啊啊啊！」

紗季打開手機手電筒，看出那團人影是松浦。松浦發出悲痛的聲音，背貼在牆上，手腳仍繼續揮動，想要後退。

「松浦，怎麼了？」

松浦這才發現我們，不停地急促呼吸和尖叫，爬了過來。同時，他衝出來的房間裡，不斷地傳出令人不忍卒聞的慘叫聲，完全就是人類瀕死的呼喊。

「巫……巫女……巫女……！」

松浦就像喘不過氣，掙扎著呼吸，不斷傾訴著什麼。

「松浦，振作點！總之你先冷靜……」

「不只是這樣！那……眞的是……霧……嘎……嘎哈！」

松浦劇烈嗆咳，蜷起身子咳了起來，我和紗季無法理解他不得要領的話，更加混亂了。

「喂，到底怎麼了？你好好說啦！」

紗季充滿情緒地拉大嗓門，這時刺耳作響的慘叫聲陡然停住了。同時，一種把重物拋在地上般的鈍重震動沿著地板傳來。

「霧繪……是霧繪……篠塚的身體……突然……」

松浦再也說不下去，只是左右搖頭。雖然我察覺這話意味著什麼，卻一時無法接受。

「你在說什麼？這怎麼可能——」

「要不然那到底是什麼！」

松浦厲聲大叫，指著裡面的房間。敞開的紙門深處無聲無息地冒出一名黑衣女子，那空洞的身形浮現在月光之中。黑色長袴、黑色短袖和服，外面罩著黑色千早，是黑衣巫女。室內無風，一頭黑色的長髮卻微微蠢動著。

不可能。我在內心對自己說，卻無法相信自己目睹的事物。從身材到髮型、握住淌著漆黑鮮血的大木槌的纖細手腕。還有那身漆黑的巫女服，雖然細節不同，但與我最後看到的霧繪是如出一轍。

「怎麼可能……霧繪不可能……」

我只能勉強從喉嚨深處擠出這些話。

黑衣巫女與我們相隔數公尺的距離面對面，我們陷入彼此一動不動的膠著狀態。巫女散發出來的強烈壓迫感，類似憤怒與憎惡，還有凶猛的怨恨，暴露在這股氣勢下，我的身體好似要被壓垮了。被垂落的長髮遮掩，看不見巫女的臉，但她肯定正朝裡射來怨毒的眼神。

遠方傳來跑上樓梯的腳步聲。如果不是背後傳來叫我名字的聲音，我可能會永遠定在原地吧。過了幾秒，我總算回過神來，發現那那木就站在我旁邊。

「今晚果然也現身了嗎？」

那那木斬釘截鐵地低聲自言自語。雖然沒有露出笑容，但他的眼睛充斥著明顯的期待與興奮。

和那那木一起上樓的芽衣子挨在紗季身上，滿臉不安。又過了一會，樓梯旁邊房間的紙門打開，宮本現身，忠宣、修以及薰也聽到吵鬧聲從樓下上來了。除了宮本以外的三人看到黑衣巫女，全都凍結似地怔在原地，發出警戒與困惑摻半的驚叫。在眾人注視中，黑衣巫女緩緩挪動步伐。

「這到底是怎麼回事？喂，松浦，快點站起來！」

宮本跑過去，抓住松浦的手要扶起他。我立刻過去幫忙，一起扶松浦站起來，但他才剛跨出一步，立刻尖叫一聲，摔倒在地。

「還好嗎？振作——」

宮本說到一半，赫然倒抽了一口氣，芽衣子也跟著發出尖叫般的聲音。

「腳……斷、斷掉了……」

松浦的左腳，從小腿的位置朝不正常的方向彎折了。白骨刺破皮膚伸出來，周圍的組織噴出鮮血。

「不會吧？只是跌倒就……」

「不，不是跌倒弄的。」

那那木否定宮本的驚訝。

「直到上一刻，他都還用自己的腳站著。然而短短一瞬間就出現異狀，他尖叫摔倒。」

「是跌倒骨折吧？」紗季說。

「不對。妳仔細想想。如果是跌倒骨折，應該會在骨折的當下慘叫，但他是在跌倒前尖叫的。也就是說，有某些力量作用在他身上，讓他的腳受傷，使他跌倒，這麼推論才合理。」

確實，松浦是自己衝出房間，跑過來我們這裡的。雖然他氣急敗壞，但身體應該沒有問題。如果是之前就已經骨折，他不可能像那樣行動。那麼他的腳是在什麼時候折斷的？到底是誰弄斷他的腳的？

「總之得幫他急救。」

「我知道。過來這裡。」

紗季催促，我就要再次抓住松浦的手，這時他的身體傳來一道清脆的斷裂聲。瞬間，松浦彷彿觸電一般，全身扭動，發出野獸般的咆哮。他的右手，手肘以下整個癟塌變形，就像被砸扁了一樣。

「咦……怎麼會……？」

我反射地縮手，驚愕低語。我無法相信自己看到的景象。

「啊……嗚啊啊啊……」

松浦奄奄一息地呻吟，伸出還能活動的左手。還沒有人來得及抓住他的手，他的五指便接連朝不同的方向彎折斷裂。每根手指就彷彿具有自我意志活動起來一般，發出劈啪聲響，紛紛碎裂扁塌，緊接著一道格外巨大的聲響，整個爆開來了。松浦愕然注視著自己面目全非的手，他悲痛的叫聲已經只能用慟哭來形容了。

「……不是……的……不是……故意的……」

松浦顫聲喋喋不休地說著，就彷彿被什麼所催逼。

「因爲說可以大撈一筆，所以我們才去闖空門。可是屋子裡有人。有個老爺爺。我們被他看見了，所以……」

「松浦，難道你……」宮本說。

「……我們把他殺了，所以我也要被殺了，喏，對吧？」

聽到這番意想不到的罪行告白，每個人都張口結舌。事到如今我們才恍然大悟，白天松浦的態度突然變得不對勁，原來是這個理由？

黑衣巫女散發出腥甜濃重的死臭，來到松浦背後。她高舉的手倏地往旁邊一劃。

「救……救呃……」

轉頭仰望巫女的松浦，下巴被粉碎了。洶湧的鮮血和碎裂的牙齒發出聲響噴濺一地，把牆壁和地板染得漆黑。

黑衣巫女蓬亂著一頭烏亮長髮，以緩慢到極點的動作，將木槌高舉至頭頂。

「住手——」

我反射性地出聲，卻被無數道慘叫給蓋過了。巫女毫不遲疑地揮下木槌，松浦的腦袋發出一道悶重的聲響炸了開來。

四下化爲一片血海。濕肉與人體組織就像潰爛的果實般黏附在地上。黑衣巫女直起身體，黏膩的液體從木槌滴答淌落地面。

浮現在月光中的那身影，完全就是從黑暗中爬出來的「死亡」。

……會………會……

呢喃聲，是幾不可聞的細微聲音。

昏黑沉澱的陰暗中，巫女的頭髮彷彿擁有意志般蠕動著，只有從木槌淌落的血滴聲空虛地迴響。

只要稍微動彈，全身骨頭就會碎裂，像松浦那樣被殺掉。如此絕望的妄想在腦中馳騁。在場每個人肯定都身陷相同恐懼。證據就是，儘管是理應陷入恐慌的狀況，卻沒有半個人尖叫，只是僵在原地。

不知道過了多久。面對文風不動地佇立的黑衣巫女，即將瀕臨極限的不是肉體，而是精神。我甚至想要立刻扯開喉嚨，聲嘶力竭地吶喊。

沒多久，月亮隱沒至雲間，更深的夜黑覆蓋了黑衣巫女。

——鈴……

鈴聲拖出長長的尾音。與此呼應，走廊的燈泡閃爍，亮了起來。四周圍化成血海的二樓走廊，其中沒有黑衣巫女的身影。

眼睜睜地目睹化爲無聲屍骸的松浦，我們徹底陷入了狂亂。紗季和芽衣子悲痛哭喊，忠宣和修在後面大呼小叫。

那那木避開松浦的遺體，經過走廊，來到盡頭處右邊的房間前。我也被吸引似地跟上他，探頭望進敞開的紙門裡面的房間。

和室裡，棄置著全身骨頭碎裂、腦袋粉碎的篠塚遺體。

第四章

1

警方進行現場勘驗期間，我們待在一樓和室，等候接受詢問。除了紗季以外的九條家的三人則是在其他房間，似乎也一樣正在接受問案。

除了現場狀況過於慘絕人寰，又有村民在村中各處目擊奇妙的東西，陷入恐慌，讓警方疲於奔命，當刑警來到和室時，都已經接近黎明了。

「又是你們？聽說這次你們目睹犯案現場？」

自稱別津署善龜刑警的中年男子板著那張獸面瓦般的臉，俯視著我們。善龜體型圓墩，頂上稀疏，穿著過鬆的長褲和短袖襯衫，沒打領帶，一看就是個鄉下刑警，手上甚至拿著扇子。

「怎麼會連續一直有人死掉呢？明明這村子感覺不可能會發生什麼命案啊。」

善龜發著牢騷，打開扇子，年輕刑警附耳過來說了什麼。

「什麼？撞到鹿？那什麼時候會到？」

年輕刑警再次低聲說了什麼，善龜那張臭臉變得更凝重了。

「算了。外地人就是這樣，不可信賴。連鹿都不會閃，還北海道警察咧。真是溫室花朵的黃毛小子。」

善龜厭煩地甩甩手打發年輕刑警，轉向我們，一屁股坐下來。

「那，你們目擊到兇手了，對吧？認得那個女人嗎？」

被單刀直入地這麼問，我們窮於回答。

「怎樣？是認識的人嗎？被害者跟她有仇嗎？」

善龜不耐地追問。

「——是巫女。」

紗季打破苦悶的沉默，開口道。

「什麼？」

「兇手是穿黑衣的巫女。她叫三門霧繪。」

善龜驚訝地表情大變，瞥了年輕刑警一眼，再次望向紗季。

「那個叫霧繪的女人，殺了妳們的朋友？」

「對，昨天晚上殺死山際先生的也是她。」

聽到紗季強硬的語氣，善龜彷彿緊張落空，嘴唇鬆弛下來。

「既然都知道這麼多了，爲什麼不早點說出來？」

「昨天我們沒認出來。可是今天我們討論之後，覺得那應該就是霧繪……」

「這樣啊，好吧，有時候過了一段時間才會想起來嘛。總之，那女的住在哪裡？是哪一區？喂，立刻派輛車過去。」

彷彿打鐵趁熱，善龜向年輕刑警下達指示，重新轉向我們。但他發現沒有人要回答這個問題，訝異地歪頭問：

「怎麼了？快說啊。那個叫三門霧繪的女人住在哪裡？」

「她不在這裡。」宮本說。

「什麼？」

「三門神社在十二年前失火燒毀，三門一族無一倖存。所以霧繪不在這座村子裡。」

善龜布滿血絲的眼珠游移了一下，僵了幾秒，接著渾身哆嗦，漲紅了臉厲聲怒斥道：

「開、開什麼玩笑！居然耍警察！」

這也難怪。他這種反應是意料之中。

「可是我們眞的看到了。那就是霧繪。」宮本說。

「死人要怎麼殺人？世上哪有這麼荒唐的事——」

「就是眞的發生了這麼荒唐的事，我們也才會這麼混亂。應該要保護民眾的警察，怎麼能爲了這種事亂了陣腳？」

突然插進來的冷漠聲音就像打了善龜一巴掌。

「你，我記得你叫那那木，作家是吧？昨天我也說過了，這不是虛構小說，是眞實發生的命案，你少在那裡瞎攪和。」

「刑警先生，這不是瞎攪和，我和他們一樣，是命案目擊者，是不折不扣的關係人。我發言是天經地義的事吧？」

那那木以排除一切感情的冰冷眼神提出極爲理所當然的意見。

「哼，還在那裡挑人語病。你果然是自以爲偵探，想要擾亂偵查，是吧？不過很遺憾，那種事只會發生在電視連續劇或推理小說，現實中偵探協助警方破案，是不可能的事。」

面對無端表現敵意的善龜，那那木嗤之以鼻地迎擊。

「我絲毫沒有要破案的意思。再說，我不是偵探，而是作家，我對這座村子發生的奇怪現象很感興趣，在這裡進行個人調查罷了。我絕對不是在妨礙辦案。不過，或許在調查的過程中，會比警方更先挖掘出事實眞相也說不定。」

恭敬的語氣中摻雜了露骨的嘲笑。善龜憤怒紫漲的國字臉僵硬到不能再僵硬。

「也就是怎樣？死人復活，犯下連環命案，這種妄想般的情節，就是你說的事實眞相嗎？」

「雖然結論有些粗糙，不過大致上就是這樣。」

「渾帳！警察可沒閒到會去相信這種胡言亂語！」

「所以我們並沒有要你們相信，只是在聲明我們並沒有撒謊。你們說無法相信，這一點我也理解。我只是判斷與其隨便撒謊掩飾，擾亂辦案，從實招來才是上策罷了。」

「你夠了沒！我奉陪不下去了。喂，把這夥人趕出屋子。」

「咦？可以嗎？可是偵訊……」

「這群人只會妨礙辦案。快滾！」

善龜不理會年輕刑警制止，獨斷地把我們給趕走了。

時間是上午七點。被趕出九條家的我們無處可去，在村子裡遊蕩。可能是因爲連日睡眠不足，我渾身倦怠，腳步沉重。

村中各處都可以看到村民聚在一起，專注地交頭接耳。他們提到「鬼」、「不是做夢」、「從隧道那邊過來」等等。從這些零碎的關鍵字，也可以聽出應該是在談論昨晚的事。

「村人也看到那些鬼魂了。」

紗季低聲說。

「這麼說來，不覺得數量比前天晚上還要多嗎？」宮本說。

「嗯，而且雖然說不太上來，可是模樣好像不太一樣……」

芽衣子猶豫了一下，下定決心似地說了起來：

「昨天晚上我睡不著覺，在簷廊那裡發呆。結果燈突然熄了，那群男人從圍牆另一邊冒出來。我嚇到不敢動……」

可能是想起了當時的光景，芽衣子用力抱住雙肩。

「那個時候雖然只有一瞬間，可是有一個人轉向我這裡。就好像注意到我在看他們一樣……」

「他們看到妳了嗎？然後呢？」

那那木問，芽衣子有些不知所措地搖頭。

「我眞的怕死了，所以馬上就離開簷廊了。後來怎麼樣了，我也不知道。而且不久前我就聽到說話的聲音，以爲大家都醒了，所以去了樓上，結果在樓梯遇到那那木先生，大家都在二樓……」

然後撞見了慘劇現場，是嗎？

「這麼說的話，狀況或許更加緊迫了。」

那那木看似接受目前狀況地自言自語，又擺出他擅長的姿勢，口中嘟噥著，即將掉進思考的世界。

「那那木先生，如果你想到什麼，告訴我們吧。」

我不讓他得逞，出聲打斷，那那木面露不滿，但也沒有遲疑的樣子，應道：

「前天晚上，我們看到的亡者只是漫無目地地徘徊。他們就連擦身而過的我們都沒有發現的樣子，直接經過。但從她的話來看，昨晚狀況出現變化了。」

那那木指著芽衣子說，就像點名學生的老師。

「亡者望向站在簷廊的她。村子裡有可能到處都發生了相同的情況。必須實際向村人確認，才能知道詳情，但光是從聽到的對話內容來看，就知道這個可能性很大。」

「也有可能只是碰巧對望而已吧。」

紗季插嘴。那那木點點頭說「當然」，又說：

「對我們來說，這確實不是什麼值得在意的事。但站在他們的角度來思考，就出現了某個可能性。」

那那木說到這裡停下腳步，回頭看我們。

「第一天晚上，他們甚至沒有注意到我們。或者是他們太空洞、太弱小，無法注意到我們。他們無法干涉活人，也無法看到活人。然而昨晚卻不是這樣。他們確實看到了她。倘若其他村民也遇到了一樣的事，這可以算是明確的變化。」

「鬼魂變得看得到我們了。那接下來會發生什麼事？」

紗季問，那那木有些裝模作樣地聳了聳肩。

「這我也不知道。唯一能夠確定的，就是如果這樣的變化繼續下去，亡者就能更清楚地感知到我們。然後萬一他們建立起某些與活人接觸的方法，到時候——」

那那木有些欲言又止，蹙起眉頭。

「或許會把活人拉到他們的世界。」

「也就是殺死我們嗎？」

紗季毫不修飾的直接發言，讓芽衣子顫聲說：「不要……」

「有點不太一樣。他們只是伸手想要觸摸生命這些溫暖的存在。而這也是他們與黑衣巫女最大的不同。他們不是懷著明確的殺意攻擊人，而是在求救。對他們來說，我們是名爲生命的一團光。如果他們發現能夠感知、觸碰到這些光，自然會想要緊抓不放吧？」

「可是，這根本就是給人找麻煩。」

紗季一臉嚴惡，幾乎是唾棄的口氣說：

「是啦，他們都死掉了，卻沒辦法離開隧道，眞的很可憐。因爲工程事故，還是受傷生病死掉，沒有被好好埋葬，這我也很同情。可是加害毫無關係的我們，根本是找錯對象吧？就算他們沒有惡意，可是做的事跟隨機殺人魔根本沒有兩樣，不是嗎？」

「對啊，村人也沒有對他們做什麼壞事，要是被他們抓走，就太可憐了，當然我也不想。」芽衣子說。

我們同意兩人的說法，彼此點頭。

「你們的說法合情合理。但是對於淪爲亡者的眾多工人來說，你們現在的狀況也與他們無關。不管是誰，即將滅頂的時候，都只會拚命掙扎求生。若要形容的話，他們就像是純潔無垢的威脅，也是現在仍在苦海中浮沉的被害者。我沒辦法那麼武斷地說他們是邪惡的。」

被那那木這麼一說，我想不到能怎麼反駁。紗季尷尬地沉默，芽衣子和宮本也神情複雜地沉思著。

那那木的話總是一針見血地突顯出大多數人容易陷入的自私自利、自我中心且一廂情願的成見。正因爲他的話再正確不過，聽到的人完全無法反駁。

接下來我們繞到夏目商店。平常是早上八點營業，但正在爲開店做準備的老闆夏目清彥看到路過的我們，爲我們提前開門了。

「我實在不懂，爲什麼松浦和篠塚會遇到那種事。他們還那麼年輕，一定死不瞑目吧。」

夏目好像已經聽說昨晚九條家發生的事，一臉沉痛，垂頭喪氣。他應該是想要安慰失去朋友的我們，不停地說「打起精神來」，然後依依不捨地進去店裡了。

「他人眞好，感覺就像把你們當成自己的孩子一樣。」

從頭到尾在一旁看著的那那木感動地說。

「或許是吧，可是有點不一樣呢。」

宮本回應說。他瞥了店裡一眼，確定夏目不在那裡，壓低聲音繼續說：

「夏目叔叔的女兒小我們一歲，以前我們常在一起玩，可是她在我們國中的時候失蹤了。」

「沒有找到嗎？」

「對，一直沒有找到。不只是警方，我們也一起找，真的是全村總動員找遍了每一處，但都沒有找到。後來夏目叔叔就變得鬱鬱寡歡……」

宮本的表情之沉痛，和剛才的夏目不相上下。

「那個時候的夏目叔叔，看起來眞的很痛苦。每個人都放棄搜索了，他還是一個人上山到處找……教人看了實在不忍……」

紗季回想起當時，一旁的芽衣子低垂著頭。夏目美香的失蹤，也讓她一直沒有走出打擊吧。她纖弱的身體微微顫抖著。

「知道失蹤的原因嗎？」

「不，什麼都不知道。夏目叔叔和阿姨也因爲女兒莫名其妙失蹤，非常苦惱。他們現在一定也還在等美香回來。」

隔了一拍呼吸，宮本再次望向店內。

「夏目叔叔對我們好，也不只是因爲從小就認識我們的關係，我們和他女兒年紀相近，應該也是主要原因。他是不是在紗季和芽衣子身上尋找美香的影子呢？」

紗季微微點頭「嗯」了一聲，接著說：

「美香失蹤，不久後三門神社發生火災，然後連霧繪都不在了，過了十二年，現在松浦和篠塚也死了。而且殺死他們的是霧繪的鬼魂，這眞的到底是怎麼了？」

紗季提出眾人刻意迴避的話題，一臉苦笑，彷彿在說情何以堪。

一小段沉默之後，宮本開口：

「那個，松浦最後說的話，大家還記得吧？他們兩個是因爲這樣才被殺掉嗎？」

尋找有錢人家闖空門，殺死了住戶。松浦和篠塚是不是因爲這樣而慘遭黑衣巫女毒手？宮本是想要這麼說。

「這個可能性很大。如果他們如同『罪人會遭到死者制裁』的教義被殺，那麼山際先生會遇害，或許也是出於相同的理由。」

「你是說山際先生也犯了罪？」

我問，那那木一副理所當然的樣子點點頭。

「殺人，或是犯下準殺人罪的人，會成爲黑衣巫女的目標。從現狀來看，這麼推測是最爲實際的。但山際先生實際上犯了什麼罪，很難查得出來。像我們這樣的普通人，總不可能去找家屬問『被害者生前犯了什麼罪』。」

說的沒錯。弄個不好，會被當成是在褻瀆死者，最重要的是，這等於是在更進一步傷害失去家人而悲痛的家屬。

「——接下來是我們當中的誰會被殺嗎？」

紗季苦惱地喃喃自語。

「討厭，不要亂說啦。」

芽衣子責怪她。

「可是，不就是這樣嗎？每個人應該都有一兩件無法告人、感到罪惡的事。如果松浦和篠塚是因爲這樣而遇害，認爲下一個輪到我們，不是很自然的事嗎？」

紗季一口咬定似地說完，表情難受地扭曲了。就彷彿自己的發言把自己逼到了絕境。

「……我有。」

表情和紗季一樣，甚至是更爲苦惱的宮本自己跳了出來。

「要說感到罪惡的事，我有。自從霧繪死去那天以後，我就一直擺脫不了罪惡感。」

「宮本……」

我想不到該說什麼，沉默下去，宮本瞥了我一眼，下定決心地開口：

「其實我一直在懷疑，三門神社的火災，眞的是一場意外嗎？」

「等一下，宮本，你在說什麼？」

「你們也覺得奇怪吧？所有大人都對事故詳情避而不談。火災後，也沒有好好舉辦葬禮，把遺體處理掉之後，就單方面封鎖神社遺址，禁止進入。根本沒有半個人想靠近那裡，不是嗎？那可是自古以來就一直守護著這座村子的神社喔？村人到現在都還相信著三門神社的教誨或者說習俗那一套，然而對於三門一族的死，村人不會過於無感了嗎？而且霧繪去世，我傷心得要死，我爸居然叫我不要再提三門的事，我怎麼可能輕易接受？」

沒有人提出異議。紗季和芽衣子應該也有類似經驗。

他們回想當時，想要找出某些不對勁的地方，面對他們，我只覺得自己眞是不中用。

倘若三門神社火災時我在這座村子的話。假設夏目美香失蹤時，我能和大家一起去找她的話。可能性或許渺小，但也許能得到與現在不同的結果。即使無法有結果，或許也能和朋友一起克服痛苦。然而我卻毫無貢獻，這讓我不甘心到了極點。

「如果宮本說的是事實，這下就很有意思了。」

一直沉默不語的那那木神情嚴肅地開口說：

「從開村以來就是命運共同體的三門神社崩壞，然而面對這個事實，村人對神社的態度卻簡慢得令人驚訝，甚至禁止小孩子談論，把三門神社的存在視爲某種禁忌。換個觀點，感覺就像在拚命隱藏某些『必須這麼做，否則會出問題的事物』。讓人懷疑是否全村聯合起來，試圖隱瞞某些重要的事。這樣想，或許就能看出大人令人費解的行動的理由了。而如果這正是黑衣巫女——也就是三門霧繪化身怨靈現身的原因，所有疑問都能一口氣解釋。」

那那木的唇嘴微微扭曲，露出大膽的笑容。

現在的我無法判斷他的推測是否正確，但他的說法具有難以輕易否定的分量，並在我的內心留下了巨大疙瘩。感覺出生故鄉的這座村子的村民彷彿成了陌生的異鄉人，令人內心浮躁難安。

——這座村子的人在隱瞞什麼？

我正開始思考，背後傳來倒抽一口氣的聲音，我回過神來。回頭望去，夏目正用托盆端來彈珠汽水瓶，怔立在那裡。那張臉上浮現明顯的驚愕神色。

「夏目叔叔，怎麼了嗎？」

我出聲，夏目立刻恢復和藹可親的笑容。

「啊，不，沒事。這些給你們喝。」

夏目把托盆放到桌上，匆匆進入店內了。他的背影讓我覺得哪裡怪怪的，但我刻意不說出口。不只是我，在場所有人一定都有相同感覺。

那那木確定店面拉門關上後，徐徐起身，親暱地搭住我的肩膀。

「好了，井邑，可以陪我一下嗎？」

「要去哪裡嗎？」

「在這裡跟你們開心聊天也不錯，不過這樣感覺得不到新線索。所以我想趁此機會，去看一下岸田先生遇害的現場。」

走吧！——那那木轉身，不待我回話便往前走去。

2

紗季和芽衣子返回九條家，宮本回去自己家了。我依著那那木的邀約與他同行，前往皆方神社。

經過從村道通往後山的和緩坡道，登上樹木夾道的石階，上方就是以前的三門神社。現在石階前面拉上繩索，甚至以木板柵欄圍住。雖然沒有掛出告示，說明禁止進入的理由，但應該也沒有人干犯禁令闖進去吧。

「請問，那那木先生為什麼要帶我來？」

「怎麼，你不想來嗎？」

那那木甚感意外地側頭問我。

「呃，不是那樣……」

我從一臉訝異地看著我的那那木別開目光，煩惱該怎麼回答才好。

坦白說，我並不信任這名男子。說到底，區區一名恐怖作家能做什麼？如果他擁有擊退怨靈的能力，我應該會滿懷期待，但他實在不可能有這種力量。外表也是，比起靈媒，他應該更像魔術師或吸血鬼。

那那木為了遭遇鬼怪而歡喜，全神執著於挖掘鬼怪的底細，從他身上，實在感覺不到正義使者那種強悍。而且他說他都會根據見聞的經歷來寫小說，因此失去朋友的我，實在不免對他感到不信任。

「其實也沒什麼特別理由。就算拜託村長或其他村人，感覺也不會有人爽快答應，而且要在這種冷清的地點兩個人獨處，如果帶個女人，會有很多麻煩吧？」

那那木輕鬆地回答，一副完全不在乎我怎麼想的態度。

「硬要說理由的話，因為感覺你是最沒有危險性的人。你沒那麼野蠻，會在調查中攻擊毫不設防的我吧？」

「我才不會做那種事。」

我連忙揮手，那那木滿意地揚起唇角。

「而且你不會劈頭蓋臉否定我的話，有潛力——這樣說或許有語病，但你似乎也沒把我當成詐騙犯。」

那那木說到這裡停了一拍，目不轉睛地看著我。總覺得被他的目光看透到內心最深處，我不禁哆嗦了一下。

「最重要的是，你想知道這座村子發生的怪事的背後眞相。即使那是令人不願直視的事實。」

我無法否定。這證明了那那木的話正中紅心。雖然也覺得好像被他給唬過去了，但我無法從他的話中找到啓人疑竇的胡言亂語或謊言。不僅如此，直到上一刻還對他感覺到的戒心，現在似乎淡薄了一些。也許是因爲我充分理解到那那木是極爲眞摯地在追求眞相。或者這是基於比起提防他，協助他對我也有利這種算計？

不管怎麼樣，我一個人無能爲力的事，和那那木聯手的話，或許就有辦法成功。這種類似希望的情緒逐漸在我心中萌芽。

經過被柵欄阻擋的石階，繼續沿著路走下去，便來到了岸田遇害的皆方神社。鳥居低矮，參道也不長。參道盡頭只有一棟小小的本殿孤伶伶地佇立著，景象冷清。

「與其說是神社，感覺更像是小祠堂呢。」

我說出內心想法，那那木點頭表示同意。

「因爲也沒有人管理，所以覺得沒必要蓋得富麗堂皇也說不定。就像你說的，祠堂或慰靈碑的意義似乎更強烈。實際上，九條忠宣就說興建皆方神社，是爲了祭弔三門一族。」

那那木走近本殿，伸手推開沒上鎖的門。

想像屋內的情況，我反射性地緊張起來，但既沒有東西衝出來，也沒有岸田的屍體躺在裡面。

本殿內部的樣式很簡樸，除了深處宛如被丟棄在原地的祭壇外，沒什麼値得一書的地方。反而「空無一物」的印象更強烈，更加深了荒廢的印象。比起這些，更引起我注意的，是眼前地板一大片泛黑的污漬。

「這難道是……」

「是岸田先生的血。聽說很多這樣的命案現場，木頭地板吸進了血，無法清掉。」

那那木一副理所當然的態度這麼說，我發出古怪的尖叫跳了起來。

「沒必要在意，只是血跡罷了。你不是看過比這更淒慘血腥的場面嗎？」

確實就像他說的，但這是兩碼子事。

「沒辦法實際看到很遺憾，但岸田先生遇害的手法，和我們目睹的被害者一樣。若要舉出不同的地方，他被殺害的時間並非夜間，而是光天化日之下。」

「這也是來自可靠管道的消息嗎？」

我語帶諷刺地問，那那木轉過頭來，唇角微微上揚。

「你很好奇我是怎麼蒐集情報的嗎？」

「那當然了。我知道你是恐怖作家，在蒐集怪異傳說，可是不光是這樣而已吧？我強烈覺得你還有更不同的另一張臉孔。感覺還有另一面，總無法信任。」

到了這時，我總算能對那那木說出眞實感受。那那木不動聲色地聽著，很快地輕嘆了一口氣。

「你要怎麼想，是你的自由，但至少論處境，我跟你們是一樣的。害怕下一個會不會輪到自己，拚命摸索自保之道的無力民眾——這就是我們的現狀吧？」

「你覺得你也會成爲目標嗎？」

若是這樣的話，表示他也一樣受到某些罪惡意識所折磨。

那那木絲毫沒有表露出那樣的態度，又一派輕鬆地點點頭。

「當然了。人生在世，要完全不犯罪，不是那麼容易的事。不過若問那是活該被那名黑衣巫女虐殺的罪嗎？我是有疑問。再說，目睹那樣的殺人現場，再怎樣的聖人君子，都會忍不住吹毛求疵地尋找自己的罪過。若說有人能夠完全不害怕下一個就是自己，那十之八九，就只有牽扯這場怪異現象核心的人了。」

這話相當拐彎抹角。

「也就是說，是這座村子裡的人，引發了這些怪異現象？」

「我這麼認爲。即使你無法相信，這也是最爲合理的解釋。」

我在他的口吻中感覺到堅不可摧的自信心。

那那木果然開始逼近這座村子發生的異變核心了，只是沒有說出來罷了。雖然我很想立刻追問那究竟是什麼，但同時也理解那那木絕對不會說出來。主導權完全在那那木手中，除非他主動透露，否則沒有人能從他口中挖出任何事。

「——爲什麼？」

我決定提出另一個疑問。

「爲什麼那那木先生會想知道這座村子發生的事？不，你不惜親身涉險，也想了解妖魔鬼怪，理由是什麼？不做到這種地步，就沒辦法寫出小說嗎？」

那那木低吟了一聲。

「當然，我的確是爲了寫作而想要了解妖魔鬼怪，但現在像這樣積極調查，理解鬼怪的眞面目，或是它的原理之類，是基於其他理由。我也不是不要命。就像我剛才說的，一想到下一個死的可能是自己，我就害怕得不得了。」

嘴上這麼說，但從那那木的表情，可以說幾乎看不出任何恐懼或怯色。

「所以爲了活下來，我必須徹底了解這個鬼怪。因爲恐懼、害怕，只想逃避，那就正中對方下懷了。找出鬼怪的起源和背景，了解它的習性，導出應有的應對之道，才能得到活命的方法。也爲了這個目的，必須徹底揭露鬼怪的眞面目才行。」

「可是這有可能做到嗎？對方又無法溝通。」

「並非不可能，不過當然也不容易。說起來，鬼怪這東西不是憑空突然出現的，一定有它的起源。在追溯的過程中，看到的會是人的怨念？是傲慢招來的悲劇？是不屬於這個世界的邪惡存在施行的隨機暴力？眞的是千差萬別，但共通之處是，一定有人類牽扯其中。只要是人類招來的災禍，就能靠人類去平息，這也是不變的眞理。」

你懂嗎？那那木留下這樣的表情，重新轉向祭壇。

一直以來，那那木恐怕也在許多土地，多次被捲入——或是一頭栽進——這樣的狀況吧。但他還是像這樣活得好好的，我覺得這個事實，證明了他的主張是正確的。

爲了擊退鬼怪，揭發鬼怪的眞面目。雖然這是極端危險的行爲，同時或許也是最有效果的方法。也爲了打破我們身處的困境，並拂去籠罩這座村子的邪惡瘴氣，非這麼做不可。

那那木丟下獨自沉思的我，彎下頎長的身體，目不轉睛地俯視祭壇。中央擺著香爐，前面有支小搖鈴。左右擺著像枝條的東西，陳列著約五十公分長的木劍和蠟燭等等。正面深處的牆上有張長長的紙條，大大地寫著文字或圖形般的東西。我完全看不出有什麼意義。

「……嗯？」

那那木突然驚呼一聲。他頻頻環顧周圍，一樣樣拿起祭壇上的物品又放回去。

「那那木先生，你在做什麼？隨便亂動，小心遭天譴。」

我們未經許可擅闖進來，已經夠糟糕了——我接著這麼說，但那那木不理會，繞過祭壇，出神地注視著掛在牆上的縱長紙條。

「這到底是怎麼回事……？」

接著他以指頭摸了摸蒼白的嘴唇，總算想到什麼似地深深點頭。

「不，原來如此，原來是這麼回事……這是『靈符』。」

「靈符……？」

「簡而言之，就是符咒。」

「呃，是貼在僵屍額頭的那個嗎？」

「哦？你意外地很靈光嘛。」

那那木回頭，略略睜圓了眼睛點點頭。

「在日本的話，就是在〈三張符咒〉（註）這些民間故事裡登場的、具有不可思議力量的符咒。乍看之下只是寫了字的陳舊紙張，卻不容小覷，是最基本也最有名的道具。這符咒的起源就是『靈符』。」

那那木稍微清了清喉嚨，意氣風發地開始解釋起來。

「『靈符』是中國道教中，神仙所使用，顯示神明意志的符。表面是以篆書或隸書書寫的文字，加上奇妙的紋路或圖形，但這些都具有深遠的意義。雖然看上去很普通，但靈

註：三枚のお札，基本故事情節為小和尚在山中被鬼婆抓走，利用老和尚預先給他的三張符咒，在逃走的過程中化險為夷。

符效果超群。據說靈符能驅逐一切災害、擊退病魔，甚至是賦與永恆的生命。道教中，永生不死是終極目標，道教在過去甚至擁有左右國家命運的影響力。有個說法認爲，開天闢地之際，太上老君——也就是老子，這位神明以文字和圖形表現大自然和山脈稜線，使其具有神聖力量。道教的道士藉由注入意念，書寫這些文字，來引出神靈的力量，引發奇蹟。」

說到這裡，那那木突然指著我的鼻頭說：

「井邑，你喜歡《三國志》嗎？」

「咦？啊，唔，算喜歡吧。」

「傳說《三國志》裡面登場，引發黃巾之亂的太平道教祖張角，他把靈符放進水裡，讓信徒喝下，治好了疾病。靈符端看如何使用，可以作惡，也能行善。」

居然能這樣信手拈來，滔滔不絕，眞令人佩服。一般人活在世上，不需要這類知識，但似乎可以當成談資。

「那種靈符怎麼會在這裡？」

我隨口提出疑問，結果那那木的神情微微罩上陰霾。

「沒錯，問題就在這裡。道教傳入日本後，也被陰陽道或修驗道吸收。靈符最有名的就是用來擊退惡靈，在神道教中，被視爲袚除邪氣，保護安全的神聖護身符，向一般民眾銷售。從這個意義來說，神社裡有符咒，並非什麼不可理解的事。不過就像我強調過許多次的，這不是『符咒』，而是『靈符』，不是一般流通的東西。除此之外，這座皆方神社雖然有鳥居，卻找不到任何神社應有的祭祀道具，像神鏡、注連繩、紙垂、榊這些，一樣都沒有。取而代之，陳列的是這些香爐和叫做『帝鐘』的小搖鈴。這木劍是七星劍——或稱桃木七星劍，是風水術中也會使用的法器。」

那那木拿起祭壇上的木劍朝我舉起。劍柄雕刻著細緻的花紋，相當於護手的部分有著以黑白二色的圓所構成的圖形，記得那叫做「太極圖」。

「然後，這靈符也是道教祭祀中使用的物品。」

那那木以熟悉的動作靈巧甩動木劍，以劍尖指示牆上的「靈符」。

「換句話說，這裡是披著神社外皮的道觀——道教寺院。」

我不懂這意味著什麼，但那那木的腦中似乎正拼湊出一個假說。證據就是，他鼻梁高挺的端正面容一清二楚地浮現出前所未見的好奇神色。

「有趣的是，這裡並非完全模仿道觀。外觀符合一般神社的樣式，但只要看看內部就知道，格局顯然迥異於神社。祭壇和祭祀道具都不是神道教的。皆方神社應該是缺乏這些知識的村人有樣學樣，急就章蓋成的紙房子吧。這麼一來，就會帶出一個疑問：這棟紙房子，是根據什麼爲基準蓋的？不過既然是村人模仿蓋出來的，答案就只有一個。」

「難道是三門神社嗎？」

那那木靜靜地點點頭。

「加上從你們那裡聽到的情報來看，三門神社有著和傳統神道教不同的宗教觀。『神靈附體的奇蹟』固然如此，黑色的巫女服也證明了這件事。如果是納入了受到道教影響的獨特宗教觀，這些祭祀道具不同於傳統神社，也可以理解。最重要的是『罪人會遭到死者制裁』的教義。實現這件事的死者復活——亦即與長生不死有關的研究及信仰，這部分無疑強烈地受到道教的宗教觀影響。因此三門神社是假借神社之名、實則不同於神社的存在。你覺得，這個事實證明了什麼？」

我默默搖頭。

「是『邪教』。三門神社祭祀的不是什麼神明。它祭祀的是更不同的、甚至不能說出口的可怕存在，並利用它的力量來引發奇蹟。」

那那木的聲音前未所見地興奮顫抖。他甚至忘了眨眼，張大的眼睛注視著不存在於那裡的某物，不住地點頭，像要肯定自己的主張。

「可是三門神社已經不存在了，要怎麼確定這件事？已經沒有線索了吧？」

「不，有的。只要想想爲什麼要興建一座假的寺院，製作靈符，設置在這種地方，答案呼之欲出。岸田先生每個月來這裡一次，也是爲了重新製作老舊的靈符，讓效果持續下去。從上面的文字和圖形來看，這是破邪的靈符——亦即具有擊退、封印惡靈的效果。藉由靈符封印這個地點，監視不讓邪惡之物靠近，這才是皆方神社眞正的目的。」

那那木的聲音充滿了強烈的自信。

「必須做到這種地步，也要封印起來的東西。在周圍布上靈符，試圖用靈符的力量關起來的事物。不是別的，就是那座石階裡面的三門神社的遺址。」

在火災中燒毀，一族滅門的三門神社。村人害怕著殘留在那裡的某些東西。所以才會在這裡興建神社，施下咒術嗎？

想到這裡，昨晚目睹的駭人光景瞬間浮現腦海。

正侵襲著這座村子的神祕現象，無數亡者及黑衣巫女。如果這些正是村人害怕、意圖封印的事物的話……？

我仰望掛在牆上的靈符。陳舊泛黃的紙張上，以紅墨書寫的奇妙文字，就宛如以鮮血形成的詛咒，綻放出妖異的濡濕光澤。

3

我和那那木離開皆方神社，直接前往三門神社遺址。

穿過鳥居，一起走在荒草漫徑的小路，那那木忽然隨口說：

「我可以問個問題嗎？三門霧繪這個女孩，到底是個怎樣的人？」

爲什麼要問這種事？那那木彷彿看透了我的疑問，點了一下頭。

「你們從小就認識吧？我也想了解一下化身鬼魂現身的那個女孩。」

他純粹好奇的說法讓我有些介意，卻也無法拒絕，儘管不甚樂意，還是回答他。

「若要用一句話來形容，她是個相當害羞內向的女生。她總是後退一步，讓別人優先，在旁邊看著，會忍不住替她焦急。但不管任何時候，她都很溫柔，總是能讓每個人露出笑容，非常奇妙。是這種感覺的女生。」

遙遠時日的霧繪身影浮現腦海。對我來說，那是比什麼都還要重要的淡淡回憶。每當在這座村子的各處感覺到她的身影，就讓我體認到這個事實。

「你對她很有好感，是嗎？」

「唔，是啊……」

那那木直截了當的問題讓我不知所措。但那那木並沒有打趣我的樣子，問這個問題似乎只是爲了確認事實。

「可是那個時候，我和霧繪不是那種關係。霧繪是眾人愛慕的對象，而且怎麼說，她有種讓人不太敢隨便靠近的氣質。」

「是三門神社的女兒這個身分的關係嗎？」

「我覺得是。小孩子之間是不會在乎這些，但如果有大人在場，就沒辦法隨便跟她在一起。我的母親也是，不是把霧繪當成兒子的同學，而是更爲特別的存在。」

比方說小學的教學參觀或運動會，或是夏日祭典時，都是如此。即使是平時毫無芥蒂地跟她瞎聊的我們，光是看到她和父親實篤在一起，就不敢跟她說話了。大人會深深向實篤行禮，毫不吝惜地送上尊敬的眼神，也對他旁邊的霧繪送上相同的眼神。而霧繪也會回以莫名老成的微笑，和面對我們的時候截然不同。在過去，這樣的相處模式是理所當然。

「這種狀況，她會不敢表達自己的意見也是當然呢。母親無法拋頭露面，所以自己更必須好好表現，這樣的想法也有很大的影響吧。」

「沒錯，霧繪就是這樣的孩子。所以和我們在一起的時候，她才會看起來特別快樂也說不定。」

「你們感情眞的很好。所以她過世的事實沉重地壓在你們的心上，現在也讓你們難以放下，是嗎？」

我不明白那那木想要表達什麼，含糊地側了側頭。

「我聽你們談論她，有一種感覺。每個人都很喜歡三門霧繪，但並不是純粹的懷念她，似乎對她有複雜的感情。」

「這是什麼意思……？」

我問，那那木聳了聳肩，表情有些模糊難辨。

「若要比喻的話，沒錯，就像是罪惡感。」

「罪惡感？我們對霧繪有罪惡感？」

「這完全是我的直覺。你們聊到三門霧繪時，眼神、表情、動作、語氣、言詞之間，有種微妙的感情起伏。所以我想到了。你們各自的內心，是不是懷著因爲是親密的朋友，所以更無法說出口的什麼？」

應該是爲了不錯過我的任何表情，那那木突然停步，以不帶感情的黑色眼睛注視著我。

「你想太多了。說起來，我們才沒有大……」

「那麼你呢？」

那那木打斷想要粉飾太平的我，大步逼近上來。

「你到底懷著怎樣的罪惡意識？爲什麼不敢說出來？」

幾乎讓人感覺到寒氣的空虛陰濕的眼神攫住了我，甚至不許我別開目光。

「你對三門霧繪有什麼虧欠嗎？還是你和她之間有過什麼？這就是你那奇妙的疏遠態度的原因嗎？」

——我很疏遠？

「或許你自以爲藏得很好，實際上，他們好像也不在意，但看在我這種第三者的眼裡，是一清二楚。你們看似感情好，卻不信任彼此，不肯開誠布公。尤其你更是明顯。」

我想要反駁，卻完全說不出話來。即使想要否定，卻連搖頭都辦不到。

「好了，可以告訴我了嗎？你到底在隱瞞什麼？三門霧繪和你之間，到底發生過什麼事？」

「不是……我……」

我只能勉強擠出這幾個字。耳中聽著那那木的話，腦袋卻變得難以理解它的意思。

整片視野到處冒出閃亮白光般的東西，我陷入強烈眩暈。強烈的耳鳴幾乎讓人感覺到疼痛，我忍不住皺起眉頭。

那那木的表情猛地扭曲了。

「不……這樣啊……難道你……更不同的……對他們……」

那那木的話斷斷續續，逐漸遠離。

身體彷彿被拖進無底的泥濘之中，沉重無比，冷到幾乎凍結。即使睜大眼睛，也什麼都看不見。我呼吸不過來，拚命喘氣，想要出聲求救，卻成不了話語。

我的意識急速轉暗，沉入深邃黑暗的地底。

第五章

1

我站在熟悉的屋子玄關前。

是離開皆方村後，我和父親投靠的祖父母家。祖母過世，祖父也追隨而去般地身故之後，我好幾年沒有回來了。

幾天前，一直杳無音信的父親突然傳簡訊給我，單方面地要求「你回來一趟」。「是有什麼事嗎？」疑問湧出的同時，一股黏膩的陰鬱占據了我的心胸。完全不考慮我的狀況的自私要求首先就教人生氣，而且事到如今，我也不知道該用什麼表情面對父親。因爲我們已經很久沒有說話了，甚至連眼神都避免與他交會。

我不想乖乖聽話，接到聯絡三天後，才回到祖父母家。打開沒鎖的玄關門，迎接我的是充滿塵埃的空氣。髒鞋子亂丟一地，走廊積了一層白色灰塵。

荒廢到了極點。祖母過世，這個家少了打掃整理的人，屋子不斷荒廢。客廳地板連落腳的地方都沒有，沙發堆滿脫下來的衣物，桌上泡麵容器堆積如山。廚房裡，骯髒的餐具散發惡臭。我在被雜物淹沒的地毯上小心翼翼地前進，來到裡面的紙門前。是父親當成臥室使用的房間。

我出聲，但沒有回應。

「爸？」

叫我來，自己卻出門了？還是根本忘了把我叫來，呼呼大睡？眞是太自私了。我感到傻眼，伸手抓住門把，這時被一股說不清的不安所籠罩。

打開紙門，父親就在裡面。我們好幾年沒見面了，要說什麼才好？要用什麼表情打招呼才好？

久違地和父親面對面。只是這樣而已，卻讓我陷入連面對徹底的陌生人都不會有的異常緊張。不是來自於單純的討厭、連臉都不想看到這種直接的情緒，我害怕父親。

光是想像父親會用什麼表情看我，我就害怕得不得了。失去母親的憤怒、對自己落魄潦倒的怨懟，或是把一切過錯都推到我身上的不可理喻的憎恨。每當我從父親的表情中看出這些，我就被絕望摧折。我之所以再也無法正視父親的臉，追根究柢，這就是原因。

還是直接回去吧。這樣一來，就不必經歷那些負面情緒了。掉頭離開屋子，鎖上玄關門，然後再也不回來。這樣不就好了嗎？

過去也一直都是這麼做的。我忌諱著父親，總是把他當成不存在。往後也只要繼續這麼做，轉頭不去看他就行了。

即使腦中這麼想，我仍屈服於不可抗拒的力量，打開了紙門。明明不願與他有任何牽扯，卻總是功敗垂成，半吊子的自己，讓我打從心底感到厭惡。

然而下一秒，躍入眼簾的光景切斷了我所有思考，把占據腦袋的複雜思緒吹到九霄雲外去了。

僅有七張榻榻米大的室內，應該從來不收的被褥周圍，散亂著超商購物袋、零食、空罐和酒瓶等物品。父親就在這些垃圾堆的中間。

臭氣沖天。領口鬆弛的上衣、四角褲。脖子上有著怵目驚心的割傷。噴出來的血不只是被褥，甚至把牆壁和天花板都染紅了。父親土黃色的臉上，白濁的雙眼暴睜，瞪視著我。可能已經開始腐爛了，皮膚各處都變色了。

「爸……」

我跪到被褥旁邊，觸摸父親的身體。帶有黏性的血的觸感。冰冷的肌膚。過去我那麼害怕的父親，臉上卻沒有一絲感情。

——爲什麼、你不早點回來？

我彷彿聽到父親這麼問的聲音。

2

醒來的時候，我癱坐在地上。清澈的空氣，草木的芳香。隔著牛仔褲的布料，感覺到堅硬而略濕的觸感。從枝葉間灑下的陽光刺眼極了，我舉起右手，發現手背停著一隻瓢蟲。

「你醒了。」

可能是被聲音嚇到，瓢蟲展翅飛掉了。我呆呆地目送瓢蟲飛走後，轉動視線，發現脫下西裝外套，只剩一件襯衫的那那木正俯視著我。他用據說是叔叔遺物的打火機點燃香菸，深吸一口後，悠悠地吐出煙來。

「我昏過去多久了……？」

「大概一小時。沒有醒目的外傷，應該是睡眠不足，加上極度的精神壓力而昏倒吧。」

再次環顧四周圍，我發現自己靠在通往三門神社的石階前的柵欄上。好像是那那木把一走出皆方神社就昏倒的我扶過來的。

「抱歉，給你添麻煩了。」

站起來的時候，西裝外套從身體滑落下來。我撿起外套，拍掉泥土，遞給那那木，那那木輕笑「別在意」，叨住香菸，把外套穿上身。

「我猶豫該不該叫人，但看你睡得很安詳，想說先讓你躺一會。」

站在柵欄前仰望石階的那那木忽然露出困窘的表情又說：

「我才該向你道歉。也不考慮你的感受，那樣強硬逼問你。」

「不會，哪裡……」

我連忙搖頭，緊接著一驚。

——也不考慮我的感受。

那那木不經意的一句話，在我的心中激起漣漪。

「那那木先生，這話是什麼意思……？」

我對著那張鼻梁高挺的側臉問，那那木的眼神滑向了我。那帶有些許憂愁的眼神，讓我不明所以，背脊凍結。

「你的狀況，我自認爲算是理解了。所以你現在最好也專注在眼前的事。」

我的狀況……？

那那木了然於心似地微笑，我不知道該回什麼才好。

「如果你不舒服的話，可以回去屋子。否則我們就繼續——」

那那木不理會困惑的我，說到一半，視線忽然轉向我的後方。我也跟著回頭，看見三個人影正走上坡道。

「啊，眞的在那裡。陽介、那那木先生！」

芽衣子指著我們，天眞無邪地揮手。旁邊跟著紗季，晚了一步出現的宮本也同樣揮手。

「你們怎麼跑來了？」

「本來回家了，可是家裡一堆警察晃來晃去，就算跟芽衣子兩個人待在房間裡，也靜不下心來。」

兩個女生對望點頭，望向宮本。

「所以我們想說去宮本家賴著好了，結果在那邊的路上遇到了。」

「我聽到你跟那那木先生還沒有回來，擔心起來，所以過來看看情況。出了什麼事嗎？」

那那木朝我瞥了一眼，搖搖頭就像在說沒事。

「我們正在稍微休息一下。既然你們來了，剛好。」

「意思是……？」

宮本納悶地問。那那木望向後方。

「我們正要去三門神社的遺址看看。如果你們也在，或許能看出一些乍看之下不會注意到的細節。」

「咦？要翻越這道柵欄嗎……？」

芽衣子屏住了呼吸。

「該看的地方都看過了，只剩下這裡。如果運氣好，或許也能逼近你們想知道的『神靈附體的奇蹟』眞相。」

一開始顯得抗拒的三人，表情同時變了。那那木有些滿意地看著這樣的他們，徐徐仰望頭上。

「不趁現在調查，等到天黑就太遲了。」

一陣風吹過，樹木劇烈地搖晃起來。遠方鳥兒啼叫，原本被寂靜籠罩的森林突然吵鬧起來。我感到一股無以名狀的詭譎氛圍，一陣哆嗦。其他三人似乎也一樣，不安地東張西望。

「如果怎麼樣都提不起勁，我不會勉強。你們自己決定吧——如果你們已經做好黑衣巫女再次出現時，只能束手待斃的心理準備的話。」

那那木只留下這話，便挪動修長的腳，悠然步上石階。

石階盡頭處就是鳥居，穿過鳥居，就是三門神社的境內。開闊的空間前方，是疑似燒毀的拜殿殘骸，即使過了十二年，仍在述說著當時火災的慘烈。

一踏入境內，便有一股不知其來何自的異樣冷空氣彌漫而來。彷彿一切生命都屏息斂聲的寂靜當中，只有踩過鵝卵石地的腳步聲空虛地迴響著。

「喂，眞的要去嗎？」

芽衣子問，沒有人回答她。支配全場的原因不明的駭懼，讓我們陷入連開口都不敢的極度緊張狀態。

唯獨一人——那那木沒有被這股氛圍所吞沒，反而是一臉陶醉，撇下遲疑的我們，踩著輕盈的步伐經過境內前進。

我們提心吊膽地跟上去，腳邊是掩蓋路徑的高聳雜草。荒廢的土地西側有倒塌的房屋，因爲位在拜殿後方，所以是本殿。所有建築物都淒慘地燒毀，完全看不出當時的景觀。面對比想像中更面目全非的這些建築物，彷彿清楚地看見過去在此地極盡榮華的三門神社及其一族的滅絕。

拜殿損傷得特別嚴重。天花板崩落，柱子也幾乎沒有留下。燃盡的木材和其他殘骸層疊堆積，只有地基和牆壁勉強保留了形狀。

那那木毫不遲疑地踏入拜殿，目光停留在通往後方本殿的通道。通道與拜殿之間有道厚重的鐵門，一邊鉸鍊脫落，倒在地上。裡面好像還有兩道敞開的門。

「這是……」

「是『幽世之門』。」

彷彿預測到那那木這個問題，宮本搶先回答：

「三門神社如同其名，在拜殿與本殿之間有三道門。據說這三道門的角色是隔離陽世與陰間，儀式的時候，這些門便會開啓，死者的靈魂歸來。不過我也是第一次親眼看到。」

「第一次看到？那也未免太清楚了吧？」

紗季抬槓說，宮本事不關己地說「因爲我父母很虔誠」。他的語氣非常冷淡，甚至滲透出些許嫌惡。

「流程好像是隨著儀式進行，三道門會逐一開啓，死者來到香客面前。拜殿有天師，本殿有巫女，各自扮演自己的角色。」

這也是聽父母說的吧。我不知道這麼詳細的內容，因此由衷佩服，專心聆聽兩人的對話。

「唔，這就是『神靈附體的奇蹟』嗎？」

似乎有什麼引起那那木的注意，他交抱起胳臂，沉思起來。

「有什麼讓你在意的點嗎？」

我追問，那那木彷彿在等我發問，肅穆地開口：

「如果真的就像宮本剛才說的那樣，那就表示儀式的時候，黑衣巫女是在裡面的本殿。香客待在拜殿這裡，所以與家人的靈魂重逢時，巫女不會現身。」

「這有什麼問題嗎？」

那那木深深點頭，彷彿在說「當然有問題」。

「一般巫女是以舞蹈酬神，和神主共同獻上祈禱，這是巫女的職務。然而黑衣巫女卻完全沒有這類職務，而是關在門的裡面，甚至不會現身。這一點實在令人費解。」

「應該也有這樣的吧？喏，就像白鶴報恩的故事。」

「絕對不可以偷看門裡面？芽衣子妳啊……」

紗季傻眼地瞪了芽衣子一眼。

「不是很像嗎？就算香客交給老公應付，太太在裡面賣命努力，我覺得這一點都不奇怪啊。」

聽著兩人牛頭不對馬嘴的對話，連我都覺得好笑起來。憂鬱的情緒好似輕盈了一些。

另一方面，默默思考的那那木一個人穿過「幽世之門」，往更深處走去了。我們連忙追上去，穿出狹小的通道，中央附近有第二道門，盡頭處則有第三道門。穿過這些門，是一間稱為本殿有點嫌小，就像破屋的小房間。和拜殿一樣，牆壁和天花板幾乎都崩塌了，但地板的損傷算是較小。可能是因爲這樣，中央像圓石台座的東西幾乎完整無缺地保留了下來。房間西側有個隱密的空間，散落著一些焦黑的木材，或許是當成儲藏室使用。

現在那裡就只是腐朽的廢屋，然而那那木卻興致盎然地環顧四週，撿起掉落在各處的殘骸端詳，物色是否有什麼殘留物品。

「那那木先生，你在找什麼？」

那那木不怎麼回話，四處找了一陣，但似乎沒能發現線索。

「果然沒有留下嗎？那麼就是有人拿走了……」

那那木不滿地嘀咕嘆息，視線停留在中央的石造台座上。台座的大小約可讓一個人張開手腳躺在上面，那那木小心翼翼地靠近，瞇著眼睛左右端詳，不久後赫然張大眼睛，似乎發現了什麼。

「難道這是……」

那那木再次別有深意地自言自語，貼在石製台座上，調查起什麼來。我好奇地靠過去一看，發現看似平坦的台座部分有細微的凹陷，有許多凹凸不平的部分。那是以尖銳的物品錘打造成的痕跡。地上散亂著金屬釘或圖釘狀的東西。我撿起一個，幾乎都已經燒融了，但繫著像細繩的東西。

「那那木先生，這到底是……？」

不曉得有沒有聽到我的聲音，那那木不停地用指頭撫摩台座的凹陷觀察，確認凹陷一路延續到房間深處的地板一部分，終於抬起頭來，深深地嘆了一口氣。

「原來是這麼回事嗎？這個地方就是……黑衣巫女的……」

那那木滿臉驚愕地回頭，一把搶過我手中的金屬釘，定定地凝視著它，下一秒又望向房間西側小房間般的角落。

「不光是這樣。巫女……一直在這裡……」

最後導出的結論，讓那那木難得顯露動搖。就彷彿他找到了一個任何人都不樂見的、連說出口都令人忌諱的真相。

「這裡是個可怕的地方。」

那那木喘不過氣似地鬆開領帶，垮下肩膀，再次深深嘆息。

「那個……那那木先生，你從剛才就一個人在那裡恍然大悟，可以解釋一下，讓我們也理解到底是怎麼一回事嗎？」

紗季忍無可忍地問道，那那木把弄著手中的金屬釘，視線巡過我們每一個人，神情凝重地說了起來：

「直接說結論，還是只能說，三門神社就是個『邪教』。召喚死者靈魂，對香客展現奇蹟，予以救贖的三門一族，在背地裡進行著筆墨難以形容的惡行。」

那那木瞇成一條線的眼神射了過來，我自然地挺直了背。

「討、討厭啦，那那木先生，幹麼表情那麼可怕？惡行是指什麼？」

宮本以玩笑的口氣問，急就章的笑容醜陋地僵著。

「──活人獻祭。他們利用活人獻祭，暫時而且有所侷限地打開分隔陰陽兩界的門，來召喚死者的靈魂。他們滿不在乎地進行違反世間定理的禁忌行爲，並且用奇蹟這種甜言蜜語來包裝，欺騙香客和村人。召來的靈魂，應該根本不是香客的家人。他們從冥界隨便召來靈魂現身，用花言巧語操縱心慌意亂的香客，讓他們相信那就是他們想見的人。奇蹟就是這樣演出的。根本不是什麼薩滿宗教的降靈術，是利用連神明都會感到畏懼的行爲來詐騙活人的愚行。這就是三門神社的『神靈附體的奇蹟』的全貌。」

那那木淡淡地述說，語氣中滲透著嫌惡與嘲笑揉雜的複雜感情。

「更進一步說，開啓通往陰間的門，靠的也不是三門一族的力量。應該是他們持有的御神體擁有這種力量。」

「御神體？」

「原本應該就安置在那邊。」

那那木指示石製台座旁邊地板的凹陷處。

「不過說是御神體，那究竟是什麼，我也不知道。但可以確定的是，御神體渴望人類的痛苦。由此得到的負面能量賦與了御神體力量，結果導致門扉開啓。都說了這麼多了，儀式的時候，黑衣巫女在這個地方對活人祭品做了什麼事，你們也能猜想得到吧？」

在那那木催促下，我們望向石製台座。那那木拋出去的金屬釘發出清亮的聲響，滾過石台上。

仔細一看，石台各處有著難以辨認是紅是黑的異樣變色，就如同岸田的血滲透進去而無法清除的皆方神社地板。

「難道……」

「不會吧……？」

我和紗季同時出聲，晚了一些，芽衣子的表情也因爲害怕而僵硬。宮本沉默不語，似乎啞然失聲。

「黑衣巫女將活人捆綁在這裡，用木槌捶打身體，折斷祭品的骨頭，將藉此造成的痛苦注入御神體。之所以不一口氣殺掉祭品，應該是因爲讓祭品痛苦愈久，御神體得到的力量也就愈大。祭品無法死個痛快，在斃命的那瞬間之前，都不斷地被敲斷骨頭。他們乞求饒命也徒勞無功，在無比的絕望中死去，這些不甘與怨念，撼動陰陽兩界的境界，製造出細微的縫隙。黑衣巫女的任務，就是把穿過縫隙而來的死者靈魂送到拜殿。」

「怎麼這樣……？太殘忍了……」

芽衣子呻吟似地說。

「但這裡有個問題。巫女因爲她的職務，承擔了殺人這樣的『污穢』。這『污穢』不能被帶出外面，因此巫女被囚禁在這個地點。你們說三門霧繪被禁止和母親接觸，若是這麼推論，就解釋得通了。」

那那木指向本殿西側牆上的小凹處。

「那個小房間應該就是巫女的臥室。三餐由實篤送來，嚴格禁止她外出。巫女必須在這個甚至無法好好清洗殺害祭品時染上的鮮血的地方，孤單一人活下去。結婚生子後，三門雫子把霧繪交給奶媽扶養，繼續執行巫女的任務，理由也在這裡。她不願意讓心愛的孩子接觸到『污穢』。」

爲了儀式，折磨、凌虐無辜之人，加以殺害。持續這種行爲，精神不可能維持正常。不，精神愈是正常，應該就愈害怕自己殘虐的行爲，深陷強烈的罪惡感。

如果霧繪說母親身體狀況不佳，不是因爲單純的體弱多病，而是基於這樣的背景，這或許也是當然的結果。

「利用異端力量的三門神社，深受道教概念的影響，以追求不死爲終極目標，強調透過喚回死者的行爲，甚至能超越死亡。巫女所穿的黑衣，一定也帶有刻意擁抱『污穢』的意味。也許一開始每次進行儀式，都會進行淨化，但次數愈多，就愈來愈不勝負荷了。既然都會髒污，乾脆從一開始就接納『污穢』就好了。等到瀕臨極限，再換代交棒給下一名巫女就行了。」

那那木以驚人的冰冷語氣說出最後一句話，就彷彿他本身認爲這是最爲實際、也最方便的做法。

「你們不認爲血祭無數的活祭品，被它的『污穢』染成比漆黑更深的黑暗的巫女服裝，正證明了這個事實嗎？」

回想起巫女披掛著一身昏黑沉澱的黑暗、殘忍殺害松浦的身影，我忍不住一陣戰慄。

「那那木先生的說法很有說服力，可是教人一時無法接受。說起來，活祭品有那麼容易弄到手嗎？如果每次舉行儀式都要殺人，那應該會製造出數量驚人的屍體才對。那些屍體要怎麼處理？難道你要說，這座村子的某處現在也埋著屍體嗎？」

紗季窮追不捨，那那木「嗯」了一聲，停了一拍說：

「活祭品的來源，基本上是村子以外的人吧。或許是從外地來的香客中挑選，也有可能是三門實篤親自去村子外面弄來。也有可能他擁有管道，可以弄到即使失蹤也不會有人尋找的人。從這個意義來說，應該不是什麼難辦的事。相對地，處理屍體是非常現實、而且是必須盡快解決的問題。因為萬一被人發現，他們在村子裡的權威將會掃地。可是真的有那麼方便棄屍的地點嗎——？」

那那木的嘴唇勾勒出微笑的形狀。那是一種同時帶有兩種相反感情的笑容，一方面對令人作嘔的行為感到嫌惡，同時卻又感到強烈好奇。

「——這座村子還真的有呢，可以暫時解決這個問題的方法。那個地點，你們應該也十分熟悉。」

聽到那那木刻意賣關子的說法，紗季聳了聳肩，就像在表示投降。我也一樣，對那那木拐彎抹角的表達方式有些受不了。

「隧道……」

這時，一道微弱的呢喃響起。所有的人目光都集中在出聲的芽衣子身上。

「是丟在那座隧道，對吧……？」

「賓果。」

那那木輕輕點頭。雖然不知道芽衣子是怎麼想到這個結論的，但以結果來說，似乎是命中紅心。

「這幾十年來，那座隧道發生過多次坍方及崩塌事故。這一帶的山地有可能受到影響，造成地基鬆脫，出現一些通往谷底隧道的洞穴。從這個地點往深山裡去，應該可以去到隧道的上方。從那裡把屍體拋進山谷，就會掉進洞穴深底，再也找不到——除非調查隧道，或是挖開山地。」

那那木剛說完，我便想到了某個事實。

「原來如此，所以度假設施的開發計畫才會中止嗎？」

那那木點點頭，嘴唇浮現滿意的笑容。

距今十六年前，九條忠宣和企業之間即將談妥的度假設施開發計畫之所以告吹，原因不是其他，就是因爲三門實篤出面喊停。實篤宣稱必須守護這塊土地的大自然，得到許多村民支持，結果計畫回歸白紙。但其實實篤眞正的目的，是爲了避免因爲開拓山林，發現被三門神社當成祭品虐殺的大量人骨這樣的風險。

當然，村子裡應該沒有半個人懷疑他。實篤用那張溫文儒雅的假面具，欺騙了全村的人。爲了隱瞞他們是爲了私利私欲，不惜殺人的犯罪者。

面對揭露的眞相——應該無限逼近眞相的那那木的假設，我們完全說不出話來。靠我們自己絕對無法挖掘到的三門神社背後的臉孔。看來連他們犯下的醜惡罪業，都被那那木揭穿了。

先前我就不時從那那木身上感受到一種深不可測，面對不會有人相信的非現實離奇現象，他不是劈頭否定，而是試圖合理解釋，相當不簡單。而現在我再次認識到這些感受都不是我的誤會。

「那那木先生，我相信你的話。所以可以請你告訴我嗎？」

「你想知道什麼？」

「爲什麼是現在？爲何事到如今才發生這種事？三門神社燒毀，都已經是十二年前的事了。」

「這個問題很難呢。爲什麼是現在？關於這一點，我也還沒有得出明確的答案。」

那那木伸手抹了抹鼻尖，眉宇的皺紋變得更深了。

「那那木先生，你說過黑衣巫女是被村子裡的某人操縱的。」

「沒錯。黑衣巫女不是以自己的意志現身，而是被某人召喚出來，殺害村人和你們的朋友。在這個過程中造成的痛苦注入應該已經迭失的御神體，讓它的力量漸漸增加。結果隨著時間經過，亡者數量愈來愈多，黑衣巫女也愈趨凶暴。這種狀況應該會一直持續到陰陽兩界的境界消失、這座村子完全被吞入冥界吧。」

「做這種事，到底對誰有好處？」

我窮追不捨，遷怒似地把滿腔怒意朝那那木發洩。

「唔，依我看，那個人的目的不是讓這座村子崩壞，也不是要雪清對誰的怨恨。感覺這些都是爲了達成某個目的所招致的副作用。當然，黑衣巫女對村人應該也心存怨恨，所以這也可以解讀爲是雙方同意下的行爲。」

那那木露出諷刺的表情，胸有成竹地笑著。

「同時，在黑衣巫女身上，也能感覺到有別於單純的憤怒或憎恨等感情、另一種更強大的思念般的情緒。我覺得在殺害生者而感到痛快淋漓的壯烈惡意背後，巫女強烈地在追求著什麼——不，尋找著什麼。只要知道那是什麼，或許就有辦法查出眞相。只差一點，要是有什麼線索的話……」

那那木說道，惋惜地咬牙切齒。

聽到這話，我想到了一件事。殺害松浦時，黑衣巫女喃喃自語了什麼。因爲斷斷續續，所以無法明確地聽清楚，但那口吻像是在尋找什麼，或是「誰」。

問題是，那個「誰」是什麼人……？

「啊，我受夠了！就算想破頭也不可能想得出來吧？喂，到底是誰想毀了這座村子？御神體到底是什麼？」

可能是想不出答案，讓紗季瀨臨極限，她任意發洩無處排遣的感情。緊繃的絲線繃斷，籠罩著我們的空氣一口氣鬆弛下來。

那那木抬頭正欲開口，表情卻驀地僵住了。他的目光對著我們四人背後。

「——你們沒必要知道這些。」

背後突然傳來的聲音嚇了我們一大跳，我們同時回頭。

眼前被龐大的影子遮擋，連抵抗都來不及，許多隻手伸了過來，一眨眼就壓制了我們。

3

「喂，快走！」

九條修大聲驅趕我們。

我們被村中男丁左右抓住手臂，硬是帶出本殿，就這樣被拖往拜殿。愈是掙扎抵抗，手臂和肩關節就被抓得更緊，疼痛不已。

拜殿聚集了十來名村中男丁。他們團團圍繞跪下來的我們，布滿血絲的眼睛熠熠生光。其中也有認識的人，夏目商店的老闆夏目清彥也在其中。

「眞是，都交代過多少次這裡禁止進入了，你們爲什麼就是講不聽？」

率領村人的九條忠宣失望地說。

「等一下，擅自闖進來是我們不對，可是有必要做到這種地步嗎？」

紗季厲聲抗議，忠宣冷哼一聲不理。

「都是你們插手多餘的事，我才不得不這麼做。尤其是那位作家老師，實在太死纏爛打了。」

忠宣語氣沉靜，表情卻凝重嚴峻。相對地，那那木一副正中下懷的表情說：

「監視我和井邑，也是出於這個理由嗎？看來你們很不中意外人在村子裡亂晃呢。」

「毫無教養，隨便闖進別人家院子的傢伙，我無法信任。」

凌厲的語氣震動空氣。然而那那木依舊神色自如。

「那眞是失禮了。可是狀況緊迫，我沒空去管你們那些無聊的地盤意識。而且只要我們查出這個鬼怪的眞面目，以結果來說，也能救你們的命。」

「你這是多管閒事。不知道哪來的外地人，怎麼可能解決這村子的問題？」

聽到這話，那那木的眼睛亮了起來。

「哦？你們果然知道攻擊這村子的異象眞相。你們早就發現亡者會遊蕩的理由，還有黑衣巫女的眞面目了。然而卻假裝不知道，造成了這麼多犧牲者，你們應該要好好自覺到自己有多愚蠢吧？」

那那木一臉嫌惡地睥睨忠宣在內的所有村人。

「這傢伙非要耍嘴皮子不可，是吧？讓他閉嘴。」

修從後方朝那那木的背猛力一推。那那木被兩名男子架住手臂，所以沒有跌倒，但整個人往前栽去，蜷起上身微弱地呻吟。

「不要用你的髒手碰我！這些劊子手！」

那那木回頭瞪住修，以前所未聞的銳利口吻罵道。被預料之外的氣魄震懾，修表情僵硬，微微後退。

「那那木先生，你怎麼能一口咬定我們是劊子手？發生在村子的事，都是人力無法控制的亡靈幹的好事啊！」

「哦，要裝傻到底，是嗎？但是在場的每一個人，可沒辦法跟你一樣，把一切都撇得一乾二淨。」

那那木駁回忠宣的諷刺，視線再次望向村人。被他究責般的嚴厲視線盯住，村人全都屏住了呼吸。

「你們也受到無法隱藏的罪惡意識折磨。即使理智想要遺忘，記憶也不是那麼方便的東西，說忘就忘。犯罪的自覺正執拗地折磨著你們，一點一滴地磨耗你們的性命。」

村人聞言，頓時化爲一群烏合之眾，表情被驚慌與困惑所籠罩。他們的反應，徹底證明了那那木並非瞎扯一通。

「不僅不肯承認，還假裝根本沒這回事，滿不在乎地過活的你們，看來已經不是正常人了。隱瞞犯罪的人、容忍這些的人，這座村子充斥著這樣的人。相信自己是天選之人、是上天賦與使命的人，想要用對自己有利的解釋來自我正當化，這樣的愚人我看過太多了。這種人最後的下場是什麼，你們那些貧瘠的腦袋想像得出來嗎？」

拜殿內鴉雀無聲，連呼吸聲都聽不到。

宛如要撕開這異樣的寂靜，那那木以格外強硬的語氣說：

「——是自取滅亡。犧牲他人，掙扎著只想要自己一個人苟活，這種人的下場就只有死路一條。你們也不例外。在這種地方磨蹭的時候，狀況也正不斷惡化。你們撇開自己的愚蠢，咒罵不知情的人是邪惡，想要靠力量和人數來支配。但就算這麼做，也解決不了任何問題。不管如何努力試圖隱瞞不斷拖延的問題，也一定會出現破綻。然後等到一切爲時已晚之後才會發現——謊言與欺瞞，以這些來鞏固的自己的世界，早就步上了毀滅之路。」

村人用一種看詭異事物的眼神看著那那木。直到方才都還確實存在的敵意及暴力壓迫感早已消失無蹤。

「眞會大言不慚。可是那都只是你的妄想。你有什麼根據把我們說成壞人，講得那麼難聽？」

只有忠宣一個人正面否定那那木的話。原本是個慈祥老人的紅潤臉龐刻滿了嘲笑，從容不迫地回視著那那木。

「你不打算從實招來，是嗎？」

「哼，是啊。如果你能現在立刻證明你說的所謂眞相是眞的，我也會拿出誠意來應對。我保證不會撒謊。當然，前提是你說的不是無聊小說般的妄想。」

這個條件充滿了挑釁。那那木猶豫了一下，板起面孔。

這時，那那木的目光毫無前兆地轉向我。電光石火般的眼神接觸，快得讓人懷疑是不是心理作用。這個眼神隱藏著什麼樣的意義？

我開始尋思這件事時，那那木已經轉向忠宣了。

「我當然會說。不過首先請提供一個容易說話的環境吧。」

那那木交互望向抓住他左右手的男人。忠宣點點頭，男人不情願地放開了那那木。那那木甩著左右手站起來，調整凌亂的西裝外套，理好領帶。

「這樣滿意了嗎？好了，快說吧。」

忠宣說，完全沒把那那木放在眼裡。那那木對他豎起一根食指。

「在開始說之前，我有個要求。」

「還有？」

「我的小說一點都不無聊。請不要明明沒讀過，卻武斷評論我的小說。」

語氣相當情緒化，完全不掩飾怒意，以那那木而言相當難得。

「哦？是我失禮了。有機會的話，我會讀讀看。」

忠宣調侃地笑了起來，一臉愉快地點了好幾下頭。可能是被完全不改挑釁態度的忠宣所觸發，村人的緊張也漸漸鬆懈，表情開始變得老神在在。

那那木有些傻眼地嘆了口氣，不再繼續執著。

「——一切的開端是距今十六年前，村郊的隧道發現多具白骨屍體。」

那那木省去開場白，說了起來。

「三門神社以所謂『神靈附體的奇蹟』的儀式，召來香客想見的死者靈魂，凝聚信仰；然而背地裡卻是個邪教，爲了儀式以活人獻祭，打碎祭品的骨頭，將飽受痛苦的靈魂獻給邪惡的存在。他們把用完的活祭品搬運到後山，丟進谷底處理掉。每當舉行儀式，隧道深處的洞穴裡，就不斷堆積起這樣的屍骸。這時受到地震影響，隧道牆壁崩落，多具白骨屍體暴露出來，被人發現。這時，三門篤實肯定嚇破了膽，擔心他們一心隱藏的惡行就要暴露在光天化日之下了。然而幸虧曝光的人骨被判斷爲過去參與隧道工程的工人，並未進一步詳細調查。但這件事仍在實篤心中留下了疙瘩。萬一哪天再次針對隧道進行調查，他們駭人聽聞的犯罪一定會被徹底揭露。萬一演變成如此，也根本不用談什麼信仰了。爲了避免這種狀況，舉行『神靈附體的奇蹟』儀式頻率漸漸減少了。有一段時間，是以巫女三門雫子的健康狀況不佳爲由來遮掩，然而諷刺的是，實篤的不安成眞了。」

村人的臉色顯而易見地逐漸變得陰沉。拜殿裡充滿了一觸即發的緊張感，窒悶感愈來愈強烈。

「你們之中的某人，怎樣得知了三門神社的眞實面貌經過，我無從想像。但三門實篤拚命隱藏的可怕眞相暴露在陽光下，那駭人聽聞的情節，讓你們驚恐戰慄。你們錯了，一直都沒有發現三門一族邪惡的本性，盲目地將三門實篤奉爲村中最有權勢的人。原以爲是神明的存在，竟然是舉行邪惡儀式的黑暗眷屬。」

那那木浮現憐憫的表情，環顧村人。

「你們一定這麼想：我們被騙了！殘酷的眞相讓你們萌生出無邊的憤怒。正因爲對三門一族有著強烈的信仰和信賴，遭到背叛的感受應該也更深。結果引發的悲劇，就是三門神社的火災。到這裡有什麼地方需要訂正嗎？」

忠宣緊抿的嘴唇顫動起來，想要說話，但結果還是放棄念頭，只是深深地嘆了口氣。

「這些都是眞的嗎？那場火災果然不是意外嗎？」

紗季提出疑問，那那木點點頭。

「你們當時也在村子裡。即使並未直接參與，但事發前後大人的言行舉止，應該有某些讓你們感到不對勁的地方。那天這個地方到底發生了什麼事，你們應該猜到了吧？」

聽到那那木的話，紗季沉默下去，旁邊的芽衣子和宮本表情苦不堪言。

「也為了他們，你有義務說出一切。你不這麼認為嗎？九條先生。」

忠宣沉默了片刻，但承受不住直盯著他的側臉的紗季的視線，百般不願地說了起來：

「他們是披著人皮的怪物。他們把莫名其妙的詭異的『像』祭祀為神，假稱奇蹟，折斷人骨，加以拷問，是惡魔般的一家人。他們濫用死者的靈魂，將名為信仰的毒素散播在這座村子。要讓村子恢復正常，除了殺掉他們以外，沒有其他方法。所以我們才會放火。」

聽到祖父親口說出來的眞相，紗季顯然大受震撼，驚愕地瞪大了雙眼。她本身也懷疑過這個可能性吧。可是在腦中想像，和直接聽到，衝擊度截然不同。時隔十二年的殺人告白，不只是紗季，也毫不留情地擊垮了我們四人。

「起因是夏目的女兒——美香失蹤。清彥擔心出門玩耍，入夜以後都沒有回家的女兒，跑來找我。我們派出男丁，找遍各處，卻怎麼也找不到人。隔天、再隔天也繼續搜索，但結果還是徒勞無功。村裡的人說，他目擊美香失蹤那天，她登上通往這座三門神社的坡道。」

芽衣子唐突地倒抽了一口氣，眼神痛苦地搖晃。也許是觸碰到這個話題，就讓她感到自責不已。

「我問實篤，他說沒有看到美香，還說可能在後山走失了。但後山地勢崎嶇，不是小孩子可以輕易闖進去的地方。而且在快要天黑的時間一個人跑上山，也令人費解。這時我直覺想到了。三門的妻子雫子長年精神狀況不佳，不肯離開神社。會不會是那個女人抓住剛好經過境內旁邊的美香，傷害了她？我提出這個猜想逼問三門，他惱羞成怒，大罵『你居然懷疑我的妻子』，想要把我趕回去，可是他騙不了我的眼睛。三門那表情，分明就是有所隱瞞。」

從忠宣的表情和聲調看來，他當時的行動帶有許多私怨的成分。度假設施興建計畫遭到阻撓，餘怒未平的忠宣，或許是想要趁此機會報復三門實篤。對忠宣來說，美香的失蹤，是否只是個向實篤挑釁的藉口？

「當時，三門說他們正在舉行重要的儀式，讓女兒霧繪繼承巫女的職務，想要用這個理由把我們趕回去。我看到他頻頻注意本殿那裡，確信他顯然跟美香的失蹤有關。我們押住不讓我們過去的三門，強硬闖進本殿搜索。然後我們看到了。看到他們舉行的儀式全貌。」

忠宣面露嗜虐的表情，喜孜孜地述說，從他的表情可以看出揭露三門神社的陰暗面、同時抒發自己的私怨的成就感般的感情。

「本殿裡，穿著黑衣巫女服的雫子和霧繪在那裡。雫子躺在圓型石台上，霧繪手上拿著祭祀用的木槌，鮮血淋漓。一旁倒臥著渾身是血的活祭品的屍體。那異常的景象讓我們說不出話來，這時雫子抬起濺滿了祭品鮮血的臉，看向我們。那張完全就是怪物的醜惡的臉，我到現在都還忘不了。」

忠宣搖了幾下頭，表情扭曲，彷彿要甩開當時的記憶。

「那具屍體就是美香，對嗎？」紗季說。

「沒錯，那張臉已經認不出來了，但穿著年輕女孩的衣服。」

「難道叔叔也知道這件事？」

芽衣子的自言自語中，帶有責怪夏目的語氣。

夏目沒有回話，尷尬地垂下頭。

「不要怪清彥。他到現在都還無法捨棄女兒還活著的希望。寶貝獨生女變成那副模樣，沒有哪個父母能輕易接受。就連目睹那一幕的我們，都覺得這一定是某種誤會。雫子把詭異的『像』塞給霧繪，撲向我們。我們制服雫子和霧繪，逼問三門這到底是怎麼一回事？他編出假惺惺的藉口，讓我們疏忽大意，接著奮不顧身攻擊我們，想要讓妻女逃走。因爲實在應付不來，爲了避免我和其他人遇到危險，修逼不得已，只好把三門給了結掉。」

紗季、芽衣子還有我及宮本，全都同時望向了修。他只是漠不關心地瞥過來一眼，甚至沒有半點試圖辯解的樣子。

「我們在拜殿這裡逮住了趁亂逃走的雫子和霧繪，但再次遇到雫子反抗，扭打的過程中，有人手上的柴刀砍到了霧繪的脖子。不知不覺間，四下已是一片血海，霧繪奄奄一息。」

唯有提到霧繪的時候，忠宣露出了從來沒有過的苦悶表情。也許是他內心僅存的良心呵責讓他如此。但這樣的痛苦神色也一晃而過，他似乎不打算說出任何懺悔的言詞。

「雫子早就瘋了。畢竟她被關在那麼恐怖的地方，幾乎就只是養在那裡，不斷屠殺活祭品，會瘋掉也是難怪。但萬一村裡的人知道這裡其實是邪惡的邪教寺院，他們是殺人魔一家，會讓更多無辜的人痛苦。爲了避免這種情形，我們把雫子關在這裡，放火燒掉。」

對於如此爲自己開脫的忠宣，那那木正面提出異論。

「但三門霧繪並沒有殺人。如果你們闖進來的時候，尚未進行換代儀式，那麼殺害祭品的就只有雫子。你們的所做所爲，不是對遭到背叛的報復，也不是正義，純粹是殺人行爲。看來你們在葬送三門一族的同時，也丟掉了自己的人性。」

才剛厲聲說完，那那木整個人就被打到一旁。

「放任你說，就在那裡大放厥詞。你給我安靜點！」

九條修俯視著撞開燃盡的拜殿殘骸倒地的那那木，恨恨地嘖了一聲。忠宣對感情用事地動手的修投以責備的眼神，卻沒有說什麼。

「好了，往事就說到這裡。那那木先生，難怪你敢那樣自吹自擂，看來你確實是個相當優秀的作家。我也被你感化，不小心說太多了。」

忠宣愉快地放聲大笑。村民與他共鳴，也恢復了從容，一起露出嘲笑的表情。接著他們彼此使眼色，朝我們步步近逼。他們手中的金屬球棒和帶有刀片的農耕器具閃閃發亮。想像這些武器打在自己身上的場面，我暗自戰慄起來。

「爺爺，你想做什麼？」

紗季提心吊膽地問。

「放心，我沒那麼冷血無情，會對自己的孫女下手，對吧，修？」

「哼，這種沒用的女兒，有什麼下場都不關我的事。」

修冷冷地啐道，紗季惡狠狠地瞪向他。看見父女的對話，忠宣又愉快地搖晃肩膀笑了。

「修啊，別這麼說。仔細想想，這孩子從小就沒了母親，一定很寂寞吧。要不是在東京出了**那種事**，現在家裡的寶貝繼承人也跟她一起回來了。」

忠宣的表情罩上悲愴的陰影。我不明白這話的意思。

「不過既然都知道這麼多了，其他人不能留下活口。屍體就拋進後山谷底——」

不待忠宣說完，我旁邊爆出野獸咆哮般的大吼。

「開什麼玩笑，死老頭！根本沒必要連霧繪都殺死吧！」

宮本猛地想要站起來撲過去，但左右架住他的男人不容許他這麼做。忠宣有些猝不及防，但確定宮本動彈不得後，立刻露出狂傲的笑容，冷哼一聲。

「宮本的兒子，你冷靜下來想一想。他們是利用邪惡儀式，殺人如麻的殺人魔一家。要是丟著不管，霧繪遲早一定也會變成殺人魔。預先防範於未然，何錯之有？」

我聽見咬牙切齒的聲音。忠宣的話不僅沒有平息宮本的憤怒，更只是激起他更強烈的憎恨。

用不著說，我也是相同的感受。他們傷害了霧繪，滿不在乎地在她面前殺害她家人，最後甚至僞裝成火災，隱瞞自己的罪行。這實在是天理不容的行徑。

「我得聲明，霧繪的事，我也很遺憾。證據就是，我立刻派人把她搬出去包紮療傷了。對吧，清彥？」

忠宣，接著是我們的視線再次轉向夏目。他頻頻抹去額上的汗水，怯怯地點頭。

「可是結果還是回天乏術。似乎是失血過多。清彥把霧繪的屍體跟那尊詭異的『像』一起丟進谷底處理掉了。」

忠宣皺起眉頭，露出沉痛的表情。那彷彿無比遺憾的態度，讓我的怒意更加沸騰。

「村長，是不是可以放他們一馬？」

原本一直默不作聲的夏目硬著頭皮開口說。

「住口，清彥。都到了這步田地，你還要替他們說話？就算在他們身上尋找你死去的女兒身影，那也只是幻影罷了。」

「不要再這樣了吧。我們犯了不可挽回的罪行，沒辦法再繼續隱瞞下去了。」

夏目仍執意說道，忠宣恨恨地瞪著他。

「事到如今說這些又能如何？就算揭開眞相，也沒有任何好處。」

「沒錯，太遲了，一切都太遲了！」

夏目粗暴地說。他意外的氣勢讓忠宣一陣退縮，周圍的人也都訝異地看向他。

「我們去自首吧！一起爲十二年的事贖罪吧！」

「少胡說了。三門死掉，是他自做自受。他殺了許多無辜的人。他謊稱信仰，欺騙了我們啊！」

「我們也做了一樣的事啊！你心知肚明。我們奪走了那孩子——霧繪的家人。我們現在正在爲當時的事付出代價。」

夏目意志堅定的一番話讓村民亂了陣腳，壓抑了他們的凶暴。他讓眾人再次想起這座村子面臨的異象，就是起因於他們的行動，讓他們面對自己背負著無可救藥罪責的事實。

「而且那孩子——」

夏目說到一半突然打住了。突來的衝擊讓他說不出話來，瞪大了布滿血絲的雙眼，俯視著肚腹。他的心窩一帶冒出尖銳的刀尖，鮮紅的血漬不斷地在白色馬球衫上擴大。

「聽你在那裡放屁，夏目。」

修凶狠地低聲罵道，把手中的狩獵用柴刀插得更深。

「修……啊咕……」

「自首？你自己一個人去吧！」

柴刀猛地拔出，大量鮮血噴濺而出。夏目微微地呻吟著，雙手按住傷口，當場跪地。

村人一陣嘩然，但修默默地瞪視全場，他們立刻安靜了。

「拖拖拉拉的已經夠了！對吧，老爸？」

修出聲說，片刻間驚愕地瞠目結舌的忠宣乾咳了幾下，收拾表情，點了點頭說「嗯」。

「爲什麼要把夏目叔叔……」

紗季無法理解地喃喃道，修哼了一聲。

「還有爲什麼嗎？要是這個膽小鬼亂說話，豈不是會給全村子帶來麻煩？什麼贖罪，別笑死人了。」

背後被踹了一腳，夏目趴倒在地，身體痛苦地扭動著。

「女兒都被殺了，還同情對方，是在搞什麼笑啊？」

修說著，執拗地踐踏夏目的背部。

「無論如何都想道歉的話，自個去另一個世界道歉吧，喏，夏目？」

夏目似乎連抵抗的力氣都沒了，微弱地呼吸著。他的嘴巴一開一合，似要傾訴，但最後力竭癱軟了。

「太過分了……爲什麼這麼狠……」

我無意識地呢喃，咬住下唇。緊握的拳頭劇烈地顫抖。我不知道顫抖是來自於憤怒，還是恐懼。

「啊？你有什麼意見嗎？井邑家的小子？」

回頭的修，臉上一清二楚地浮現出令人作嘔的惡意，彷彿在說凌虐他人，讓他開心得不得了。

「你爸沒教過你嗎？外地人在這座村子囂張，是不會有好下場的。待不下去，落荒而逃的喪家犬又跑回來，才會遇到這種事啦。」

修強調「喪家犬」三個字，把柴刀指向我的鼻頭。殘留在刀身上的夏目的血拉出血絲流淌下來，血淋淋地令人驚悸不已。

光是想像砍死夏目的凶刀插在自己身上的景象，我的雙腳便止不住地顫抖。

「哼，跟父親一樣，孬種。」

修使了個眼色，村人重新握住武器，逼近我們。芽衣子被拖離紗季身邊，淒厲地哭喊，那那木似乎尚未從被毆打的創傷中振作起來。我和宮本各別被兩個人押住，毫無抵抗的方法。

走投無路了。我完全沒想到我們竟不是被鬼怪，而是被認識的村人威脅性命。我拚命動腦思考有沒有辦法脫困，卻早已失去正常的思考能力。

——沒救了，會被殺掉！

我在心中這麼吶喊，這時——

「哇！那、那是什麼！」

一名村人大叫，劃破了一觸即發的空氣。他的視線前方，明明還是傍晚，三門神社的境內卻籠罩著深沉的黑暗。不久前明明還有陽光，不知不覺間，四下卻充斥著彷彿被黑霧籠罩的黑暗。

這片黑暗中，依稀浮現出蒼白的人影。

「喂，那邊也有！」

「這邊也有！好多！」

尖叫般的聲音陸續響起。不知不覺間，許多亡者現身，團團圍繞拜殿，以陰濕的眼神看著我們。

「……欸，不太對勁。跟之前不一樣。」

紗季說的沒錯。過去多次出現在我們面前，在村中遊蕩的亡者，全都穿著髒兮兮的工作服，但現在看到的這些人卻不是。有人穿著老舊的襯衫和棉褲、和服，或是牛仔褲、西裝，打扮一點都不像工人，年齡和性別也都參差不齊。

「他們不是先前那些來到村子的亡者。應該是淪爲儀式祭品的人們的靈魂，回到了最後身亡的這個地點。」

那那木按著被毆打的臉頰，總算站了起來，環顧境內說：

「他們是在邪惡咒法中被獻祭的犧牲者。死後他們的靈魂和肉體一起被丟棄在陰暗的洞穴深底，得不到救贖，沉淪在痛苦之中。即使爬出冥界，他們仍被這個地點所囚禁。」

那那木「呸」一聲吐出口中的血，神經質地拍掉西裝外套上的髒污，理好領帶，重新觀察散布在境內的亡者。

就在那那木的視線定在某一點的時候，熟悉的鈴聲空洞地響了起來。

濃密的黑暗一部分蠕動並扭曲了。

「好了，死神要來收割充滿罪孽的生者性命了。」

黑衣巫女全身籠罩著漆黑沉澱的瘴氣，佇立在鳥居底下。

4

鈴……

黑衣巫女手中的搖鈴響起，一步步像要確認什麼似地前進。隨著她的行動，原本茫然站立的眾多亡者同時放聲大叫。他們張大嘴巴，睜著空洞的眼神，毫無章法地嘶吼出模糊的悲鳴。那宛如世界末日造訪般的淒絕嘆息層層疊疊，化爲震耳欲聾的大合唱。

在淪爲儀式祭品、飽嚐無盡的痛苦與絕望之後斃命的可悲靈魂擠出喉間的慘叫聲唱和下，黑衣巫女身上的黑暗變得更爲深邃。

按住我和宮本的村人都放手後退，試圖盡量與逼近的異形巫女拉開距離。直到剛才都還殺氣騰騰地包圍著我們的那群人，現在每一個都像面對獵食者的小動物一般，嚇得魂飛魄散。若不是這種狀況，我眞想嘲笑他們的滑稽，但我本身根本沒有這個餘裕。

我的五感——不，超越五感、無法言說的感覺正全力警告危險。不是思考，本能傾訴著叫我現在立刻逃離此地。

「霧繪……」

芽衣子突然發出的呢喃聲，讓我赫然回神。

「那果然是霧繪。她無法原諒村人殺害她的家人，所以來復仇了……」

「不對，那不是三門霧繪。你們仔細看，淪為祭品慘遭殺害的亡者害怕成那樣。」

那那木插嘴，指著不停地尖叫的亡者。

「他們的恐懼，是來自於遭到黑衣巫女慘無人道酷刑折磨的記憶。對於在無止境的痛苦折磨中死去的他們來說，那個巫女完全就是比地獄惡鬼更可怕的恐懼對象。」

「所以，那個黑衣巫女就是霧繪吧？」紗季說。

那那木搖頭，明確地否定。

「我說過很多次了，不是的。這就是你們嚴重誤會的一件事，導致你們無法正面理解這個鬼怪的本質。你們從根本上就錯了。那名巫女為何要回來殺害生者？除了單純的復仇以外，還有什麼動機？你們沒有想到這個部分。」

「那不管怎麼看都是霧繪啊！難道你要說我們認錯人了嗎？」

紗季幾乎是喊叫地抗議，那那木沒理她，視線定在黑衣巫女身上。

「你們仔細回想一下。三門霧繪確實是為了繼承巫女的職務，參與了換代的儀式。但九條先生他們闖入儀式場面時，霧繪拿著祭祀用的木槌，俯視著躺在石台上的雫子。換句話說，在這個時間點，換代儀式並未完成。」

「那那木先生，我不懂。你斷定換代儀式未完成的根據是什麼？你又沒看到現場，怎麼能這樣一口咬定？」

聽到忠宣直接的問題，那那木冷哼一聲反駁說：

「很簡單，因爲當時三門雫子還活著。巫女的職務做久了，很快地身心都會瀕臨極限。所以必須換代，交棒給新的巫女。但這裡就出現一個疑問了。讓女兒接下職務後，雫子會怎麼樣？即使從職務退下了，也實在不可能除去長年來深深刻劃在身心的『污穢』。既然如此，剩下的手段就只有一個。那就是把『污穢』和職務一起交給後任。」

聽到這裡，我總算理解那那木想要表達什麼了。

「難道……」

我喃喃自語，那那木瞥了我一眼，點了點頭，就像在同意我說得對。

「換代儀式，也就是新任巫女以對祭品相同的手段殺害前任巫女。對巫女施加過去她殺害祭品的相同痛苦，把她的靈魂做爲供品獻給御神體。藉由這麼做，就可以結束巫女的職務。乍看之下，是弒母的駭人情節，但換個說法，也是讓她從長年來的痛苦中解脫出來。雫子不參與霧繪的養育工作，全部交給奶媽，目的也是爲了不讓兩人之間建立起母女之情，以避免事到臨頭，女兒下不了手殺害母親。」

「太過分了……這實在太泯滅人性了……」

芽衣子呻吟地說。就連原本保持平靜的忠宣，都無法壓抑內心的動搖，表情緊繃。

「三門霧繪並不曾殺害祭品。以此為前提來推論，若說亡者對霧繪感到恐懼，那就解釋不通了。因為他們真正害怕的對象，不應該是霧繪。」

那麼，那裡的黑衣巫女是誰？村人臉上浮現這樣的疑問，全都屏息等著那那木接下來的話。

「線索一直都擺在眼前，現在才發現這件事，我真是太沒用了。聽到九條先生的話，我才發現這件事。黑衣巫女要的究竟是什麼？這個謎團總算解開了。」

圍繞著我們的危機狀況依舊沒有變化。不，反而更加惡化了。然而那那木完全不以為意。黑衣巫女究竟是什麼人？除了向村人復仇以外，她回來還有什麼目的？終於挖掘出這個答案，應該讓他喜不自勝吧。

「快點說啊！她到底是誰？」

紗季懇求地問。這段期間，黑衣巫女仍逐步前進，已經來到境內中央了。在村人手中的火炬照耀下，原本隱沒在黑暗中的那張臉漸漸清晰起來。

「──黑衣巫女是三門雫子。」

彷彿對那那木宣告的聲音有了反應，黑衣巫女──三門雫子的怨靈悠悠側頭，並抬起頭來。白色肌膚各處都有遭火吻而扭曲的燙傷疤痕，兩隻眼睛宛如浸泡在血中般鮮紅。雫子的那雙眼睛不停地流淌著血淚，怨恨地瞪視著我們。

像這樣一看，便能清楚地看出是不同的兩個人。但那張臉還是看得出霧繪的影子，加上髮型相同，服裝也相同，身材相近，眾人會誤以爲她就是霧繪，也是無可厚非之事。主要原因，也是因爲我們從來沒見過生前的雫子吧。如果知道兩人如此酷似，或許能更早發現黑衣巫女是母親的怨靈。

三門雫子沒理會怔住的我們，嘴唇不停地泛著詭異的微笑，並呢喃細語著什麼。

……會……會……咕呵……咕呵呵呵……

被她的聲音觸發，遇害的朋友的屍骸掠過腦際。那些景象化成難耐的痛苦席捲了我，讓我想要抱頭逃離現場。

「怎、怎麼辦啊村長……！」

一名村人害怕地問。此話一出，村人間陸續怨聲四起。

「不快點逃走會被殺的！」

「可是要怎麼逃？到處都是鬼魂啊！」

「可是待在這裡，豈不成了甕中之鱉嗎？」

忠宣悶吼了一聲後詞窮，沉默不語。

面對黑衣巫女，他自己也完全不曉得該如何應付吧。

「九條先生，不快點設法，這裡所有的人都只有死路一條。你的目的是排除我們這些礙事者，從這個角度來看，這樣或許也不錯，但你們自己也一起上西天的話，不就本末倒置了嗎？」

「嗚……那你說要怎麼辦？」

「我有個計策。如果順利，或許可以逃過全滅。」

「眞、眞的嗎？……有辦法可以消滅那個怪物嗎？」

以忠宣爲首，所有的村人都看向那那木。

那那木一句話扭轉了現場的情勢。難道都沒有人發現被那那木牽著鼻子走嗎？或者是豁出去了，認爲只要能活命，什麼都無所謂？不管怎麼樣，那那木再次成功掌握了主導權。

「消滅？」

那那木以裝模作樣的口吻重複這兩個字，接著晃動肩膀笑了起來，就像打從心底感到荒謬。

「這是不可能的。消滅惡靈不是我的本行，而且就算找來道行不夠的靈媒，面對如此強大的惡意結晶，也只會遭到反噬。況且，我們只是愚昧又弱小的人類，不管再怎麼逞強逞能，都不可能打得過掌握絕對恐懼的鬼怪。你們應該要好好認清這一點。即使看得到幽靈、能夠與其對話，站在鬼怪的角度，這些都只是騙小孩的鬧劇。憑人類的力量，是絕對無法對抗鬼怪的，遑論憑武力去消滅，更是痴人說夢。」

那那木曾經多次遭遇鬼怪，並親眼目睹，因此這番話說服力十足。不過也不能只是佩服。倘若他說的是事實，表示我們沒有任何手段可以對抗三門雫子。也就是說，我們沒有方法能夠突破困境。

「喂，你！」

修表露出敵意與不快，粗魯地抓住那那木。

「廢話說夠了沒？叫你快點把那個女的消滅啊，聽到了沒！」

「我已經說過了，不可能。你是沒在聽人說話嗎？總之把你的髒手拿開，不要隨便碰我！」

「閉嘴，你這瘦皮猴！沒辦法的話，你就沒用了。就算我直接宰了你，也不能怨我。」

你說誰是瘦皮猴？那那木抗議，但修沒理他，伸出沾滿了夏目的血的柴刀，油膩的臉刻劃著凶暴的笑。

「我是說沒辦法用武力消滅她，但我們還有活路。總之先聽我說完！現在不是搞這些的時候！」

「你太囉唆啦！」

不曉得是被憤怒沖昏了頭，無法冷靜判斷，還是刺殺夏目的亢奮仍未平息，修完全不聽那那木說話，嚷嚷著高高揮起柴刀。

隔了一兩秒之後，伴隨著一道乾燥的金屬聲，柴刀落地。接著修發現自己身上的異變，尖叫了一聲。

「這是怎麼回事？喂，怎麼會這樣！」

修的右手，除了拇指以外的四根手指，全都朝向不可能的方向折斷了。緊接著，修發出殺雞般的慘叫聲，往後栽倒。他的膝蓋和腳踝之間，又多了一個關節。

周圍的村人啞然戰慄地看著這幕詭異的光景，但再次看見即將來到拜殿的三門雫子，立刻後退貼到牆上。

三門雫子終於以她殺意的射程捕捉到我們了。修的身體各處連續發出傾軋聲，朝著各種不可能的方向彎折。骨頭折斷、碎裂、輾磨般的聲音毫不留情地響起，他承受不了那種痛苦，淒厲慟哭。

侵入拜殿的雫子來到了修的旁邊。修痛得滿地打滾，渾身沾滿噴出來的鮮血，已經被破壞到再也無力修補的狀態的身體微微痙攣著，但仍不停地哀嚎著求救。

然而雫子沒有將那教人想要摀住耳朵的聲音聽進去。她無情揮下木槌，冷酷地砸爛修的腦袋一擊粉碎。腦漿迸射，發出濕漉漉的聲響。大小肉片噴射各處。難以置信的大量血液從爆裂的頭部溢出，將拜殿的地板染成一片漆黑。

紗季的慘叫，芽衣子的哀鳴，以及村民的戰慄化成濤濤巨浪席捲上來。在最前線目睹雫子凶行的那那木，也唯獨這時表情凍結了。

雫子弛緩脫力的手提著鮮血淋漓的木槌，緩緩抬頭。

……會……會……會……咕呵……咕呵呵哈哈哈哈……

宛如在地底爬行的竊笑聲，很快被哄笑聲給取代了。笑聲與境內斷續傳來的亡者的哀鳴重疊在一起，宛如將生者勾引至陰間的惡魔歡呼。

村人全都拔腿就逃。他們扔下武器，爭先恐後地衝到拜殿門口，連滾帶爬地跑出黑暗之中。然而跑在最前頭的數人沒跑多遠便摔倒在地，後面的人像骨牌一樣一個個跌倒。雖然也有人運氣好避開了，但仍有半數以上的人在地面翻滾，無法行動。

雫子搖晃手中的鈴，緩步回頭朝他們走去。隨著她的接近，一名村人的身體發出悶重的聲響折斷，被破壞到再也無法站立。

「喂，振作啊！」

同伴想要扶起脖子幾乎呈直角彎折，腰部以下一百八十度旋轉的村人，在他的眼前，雫子揮下了木槌。目睹認識的人腦袋在眼前開花的景象，同伴發出悲痛的吶喊。

然而這聲慘叫也持續不了多久。雫子接著將木槌往旁邊一揮，毆打同伴的腦袋，一擊便讓他安靜下來了。接著她瞄準倒地的其他村人，款款走近，揮下木槌。

殺完一個，再尋找下一個。結束之後，再尋找下一個。就這樣，雫子逐一摘取來不及逃離的村人的性命。其中也有人發出怪叫，想要撲向雫子抓住她，但還沒碰到她，雙手就因爲看不見的凶暴力量噴出鮮血，骨頭炸飛，轉瞬之間，兩手手肘以下全部不見了。而這名村人還沒來得及理解發生了什麼事，腦袋就被砸破斃命了。

雫子散發出充滿駭絕憤怒與憎恨的不祥瘴氣，蹂躪著視野中的每一個人類。村人被奪走身體的自由，甚至無法逃命，只能慘遭單方面的屠殺，慟哭不已。這幕景象，完全只能以殺戮來形容。

短短幾分鐘之內，就有八名村人遭到殺害。石板地被他們的鮮血染成一片漆黑，在糜爛的黑暗中散發出污穢的濕濡黑光。

「什麼嘛……這到底……」

紗季夢囈似地自言自語，當場腿軟癱坐下去，滿臉的驚駭恐懼，撲簌簌掉下豆大的淚珠。芽衣子抱住頭蜷成了一團，全身顫抖，就像拒絕接受這一切。唯一跑得太慢的忠宣癱軟在牆邊，表情痴呆木然。

「不行了……已經完了……」

宮本哀訴著說，我連否定他的話的力氣都沒有了。怎麼會演變成這樣？到底是哪裡做錯了？即使在心中自問，也已經連思考都辦不到了。

雫子幽幽回頭。我被壓倒性的絕望所擊垮，束手無策地注視著再次逼近拜殿而來的那身影，這時——

「……咕咕……咕哈哈哈哈！」

冷不防爆出一陣不合時宜的笑聲。

「——已經夠了吧？」

那那木輕輕撩起頭髮，以熟練的動作理好領帶，臉上浮現疲憊至極的乾涸笑容。那彷彿完全沒搞清楚狀況的輕浮舉止，讓我忍不住加重了語氣。

「這種時候你笑什麼？什麼叫夠了？」

「我是說，我已經受夠繼續假裝不知情，奉陪作戲了。」

那那木懶懶地嘆了一口氣，傻眼似地看著我。

「井邑，你也差不多該發現了。到底要被那拙劣的演技戲弄多久，逃避正視本質？」

「我不懂你在說什麼。什麼演技？本質是在說什麼？」

我連珠炮似地問，那那木微微舉手制止，視線往旁邊掃去。

「宮本一樹，你就是引發這一切的罪魁禍首吧？別再演蹩腳戲了，露出你的本性來吧！」

所有人都望向宮本。

「你、你在說什麼？你說我什麼？」

被指控的本人露出最震驚不過的反應，表情緊繃地直搖頭，就像在說這個指控有多荒謬。

「饒了我吧，那那木先生，現在是開這種玩笑的時候嗎？不快點想辦法，我們統統都會沒命的。」

宮本以危機感十足的語氣指著雫子說。

至於雫子，她佇立在拜殿門口附近，以熊熊燃燒的鮮紅色眼睛瞪視著我們。現在這個狀況，任何人的身體都有可能在下一秒出現異狀。然而那那木神色不變，以徹底冷靜無感情的視線注視著宮本。

「這也是你的劇本。你無謂地煽動我們的恐懼，假裝和我們一起害怕，享受著我們的反應，對吧？但我要大聲宣布：我喜歡觀察別人，但是最痛恨別人觀察我了。眞是教人不爽。」

這番言論雖然很自私，但我能感受到那那木有多不愉快。

「請不要血口噴人。首先，我不是一直都跟大家在一起嗎？要是我有什麼奇怪舉動，應該立刻就會被發現。」

對吧？宮本尋求支持的聲音漸漸激動起來。

「你沒必要做任何事。你只要召喚出三門雫子，看她殺害村人就行了。因為這座村子已經差不多化成了異界，在這種狀況下，雫子收割的痛苦和靈魂，置之不理也會自己灌注到『御神體』裡面。」

「說得好像你親眼看到一樣。你有證據嗎？」

「當然。乾脆我現在就說明給你聽如何？如果聽了你還想要繼續裝傻，就隨你的便吧。」

宮本似乎沒料到那那木會這樣頂回來，「嗚」一聲語塞，方寸大亂。眼鏡底下的眼睛明顯地動搖起來，變得更加不知所措。

「首先，我們第一次遇到黑衣巫女時，篠塚目睹異常景象，想要逃跑，但你叫他不要動。如果是喝令可疑人物不要動，那還可以理解，然而你卻制止察覺危險，想要逃走的朋友，這太不自然了。暗處有屍體，旁邊站著一個疑似殺人兇手的人，而且手持凶器，拔腿就逃應該是最好的做法，然而你卻叫朋友『不要動』，這是為什麼？因為你知道沒有危險。為了讓我們好好地將眼前淒慘的屍體及黑衣巫女的模樣烙印在眼中，並懷疑那可能是三門霧繪的怨靈，不能讓我們沒看清楚就先跑了。所以你才會把大家留在現場，對吧？」

那那木提出問句，卻不待回答地繼續說：

「接著是接受善龜刑警問案的時候。善龜刑警問三門霧繪住在哪裡，你說『她不在這裡』。一般來說，在談論死人的時候，應該會說『她已經不在這世上了』，但你爲何會那樣說？因爲你相信還能再見到她——即使再見到的她已經不是活人，但你相信可以藉由目前發生的現象，讓三門霧繪的靈魂回來，所以你才會這麼說。除了引發這些現象的本人以外，應該沒有人能信心十足地說出這種話。」

說到這裡，那那木暫時打住，觀察宮本的反應。

「如何？還要我繼續嗎？」

這麼問的那那木臉上，帶著刁鑽的笑容。

他從我們根本沒察覺的細節，指出宮本言行中的矛盾，確實把宮本逼迫到無可抵賴的窘境了。證據就是，宮本的臉罩上無從掩飾的動搖神色，額頭浮現豆大的汗珠。被震懾的似乎不只宮本，紗季和芽衣子也沒有出聲爲他說話。

「——唉，眞沒趣。原本我想在一旁看戲，直到殺光最後一個人，這下全被你搞砸了。」

宮本深深地嘆了一口氣，垮下肩膀，大失所望地用力抓頭。

「……宮本？」

紗季微弱地呼喚。那聲音毫無自信，就好像想確定在這裡的眞的是我們認識的宮本嗎？

宮本走到拜殿角落的一堆殘骸，彎身抓起某樣東西。

「喏，就是這個。你想找的東西。」

他的手中是一塊陌生石頭。約有壘球大小，或更大上一號，形狀略爲修長。四方形的基座上，看起來坐鎭著模仿某種神祕生物的塑像。不知道原理是什麼，它整體籠罩著泛青的紫色微光，雖然微弱，但確實綻放著光輝。宮本高舉那塊散發出實在不像人造光的奇妙光彩的石頭——不，石像，露出耀武揚威的笑容。

「那就是三門神社的御神體嗎？沒想到居然藏在這種地方。」

那那木露出錯愕的模樣，輕聲嘆息。

「不是一直都放在這裡。是你跟陽介在調查皆方神社的時候，我放在這裡的。在這之前，我都一直隨身攜帶。因爲只要有這玩意，死者就會依照我的意思行動。我在內心默念『出現』，亡者就會出現，雫子也會對我想殺掉的對象動手。只要我默念『住手』，她就會住手，當然，也不會對我動手，很厲害，對吧？簡直就像隨心所欲操縱幽靈的遙控器。」

不知道有什麼好笑的，宮本放肆地大笑起來。他對仍無法擺脫困惑的我們露出傻眼的表情，裝模作樣地聳了聳肩。

「你們別那種表情。就像那那木先生說的，之前發生的事，都是我一手策畫的。還需要更多的說明嗎？」

「你全都知道？十二年前的事，還有三門一族的所作所爲……」

我問，宮本一副理所當然地點點頭。

「沒錯，我早就知道了。其實我原本打算在最後一刻告訴你們一切，但那那木先生比我想的還要厲害，被他搶先一步了。」

宮本假惺惺地搔了搔太陽穴，指著那那木說：

「你眞是了不起，我說眞的，每件事都被你說中了。怎麼說，就好像電視劇裡常看到的那種名偵探。我是沒讀過你的書，不過一定很有趣吧。」

「不敢當。請務必讀讀看。」

「哈哈，有機會我一定會讀。」

宮本以諷刺的口吻回道，重新轉向我們三人。

「可是你們好像都沒發現。這也難怪，坦白說，我自己也做夢都沒想到會變成這樣。」

「到底出了什麼事？宮本？你為什麼要這麼做……？」

我問，宮本遲疑了一下，臉上顯現出憂鬱的神情。

「起因是我爸。半年前，我爸身體不行了，要我回來。當時我剛好也厭倦了都市生活，覺得回村子也不錯。我爸整個人衰弱得判若兩人，沒有我媽協助，連如廁都沒辦法。身體有一半麻痺了，甚至無法正常說話。明明以前那樣盛氣凌人，看到我回家，居然老淚縱橫，說什麼謝謝你回來。以前健康的時候，看到我就只會吼人，罵我不肯繼承家裡，是不孝子，把我說得不曉得有多難聽。」

宮本說到這裡暫時打住，抬頭大笑。

「很可笑對吧？我覺得所謂『囂張沒有落魄的久』這句話，就是在形容我爸。少了這個囉唆的老闆，公司員工好像也覺得大快人心。」

宮本的笑容漸漸地罩上了陰霾。從他卑屈而陰沉的表情，我強烈地感受到他對父親根深柢固的憎恨。

「我爸每天就是睡，醒了就吃，讓人把屎把尿，然後又是睡。我每天開心地看著我爸這樣的生活。可是沒多久，我爸也開始發現自己是個累贅，把氣出在我媽身上。再怎麼說都是結縭超過三十年的夫妻了，我媽也狠不下心對我爸太刻薄。可是顯而易見，她累壞了。所以我決定把我爸殺了。我溜進他的房間，用枕頭摀住他的臉，我爸只是掙扎，根本沒法抵抗什麼。那個時候，我眞是笑到停不下來。」

咕咕咕，宮本憋著笑，一臉神清氣爽。其中看不到任何罪惡意識，只有可形容爲天眞無邪的惡意。

「可是那個時候，我爸瘋狂掙扎著，說：『你果然是被詛咒的孩子。』一開始我莫名其妙，逼問他這是什麼意思，然後我爸全招了。其實我不是我爸的孩子，而是我媽跟其他男人生的。那個男人就是——」

「——三門實篤嗎？」

那那木從旁插嘴。

「全都被你識破了嗎？你到底是何方神聖？」

宮本再次露出佩服的樣子，以玩笑的口吻說完後，又接著說：

「就是這麼一回事。我爸就像變回了原本的他，不堪入耳地咒罵我：『你是天殺的那一族的孩子』、『你也一起去死就好了』。就是這時候，他也說出了十二年前村子裡的人幹了什麼好事。我爸也在放火燒神社的那群人裡面。那個時候，大半的人都對村長唯命是從，並且因爲遭到相信的三門實篤背叛，爲了報復而縱火，但只有我爸不一樣。他是因爲妻子被三門實篤睡了，所以挾怨報復。不覺得很沒種嗎？自己的老婆被人睡了，但因爲對方是村子裡的大人物，他連一聲都不敢吭。然而對方一失勢，他甚至可以滿不在乎地痛下毒手。明明在那之前都對三門哈腰奉承，扮演虔誠的信徒。而且他好像還喜孜孜地跟我媽說了這件事。我媽因爲紅杏出牆，於心有愧，所以什麼都不敢說，也不被允許離家。後來不管是家裡還是公司，我爸都把我媽當成牛馬使喚，不准她離開。唔，關於這件事，我覺得我媽也是咎由自取。」

和那輕浮的口吻相反，宮本的表情險惡，言詞間處處滲透出對父母難以掩飾的憤怒、輕蔑與嫌惡。

「我問出一切以後，殺了我爸。我爸那老頭一下就死了，容易得令人驚訝。」

說到這裡，宮本閉上嘴，深呼吸了幾次，恢復原本的表情。

「這下你們就明白了吧？我是三門一族最後的倖存者，也是繼承人。我不知道是不是這個緣故，我輕易就找到了這尊『像』。殺死我爸以後，我一個人進去那座隧道。也不是去做什麼，只是隨興走進去而已，結果在洞穴深處，發現被埋在一堆活祭品骨頭當中的這尊『像』。也許是我體內的三門的血在告訴我它的所在吧。」

雖然是說笑般的口吻，但沒有撒謊的樣子。

宮本以著魔般的眼神注視著手中的「像」。

「我覺得這不是神或惡魔那類東西，而是更物質、機械性的存在。比方說，對，就像是一把用來開門的鑰匙。它本身沒有任何意志，也不能賦與使用者力量。就類似以人類的痛苦爲燃料運作、極爲耗油的裝置吧。不管對它獻上多少祈禱都沒有意義。就算拚命崇拜它，也不會有任何靈驗或保佑。」

這意味著宮本是依據自己的意志引發現在這種狀況。就如同三門一族設計村民、蒙騙香客，犧牲了眾多性命，宮本也在正常的精神狀態下，做出了惡魔般的行爲。如果能說他是被邪惡之物所附身、操縱，不知道有多麼令人如釋重負。

「我不知道它是從哪裡來的、三門一族又是怎麼得到它的，也沒興趣知道。重要的是，它現在在我的手中。就只有這一點。多虧了它，我能夠向這座村子的人復仇。然後我可以再次見到霧繪。」

宮本的肩膀搖晃起來，就好像難以克制滾滾沸騰的感情。

「這就是你的目的嗎？就爲了這個目的，你做出這種事來？」

「當然了。如果只是爲了復仇，我才不會做這麼麻煩的事，自己動手就行了。就像殺掉岸田大叔那時候一樣。」

「岸田先生也是你殺的……？」

「沒錯。難道你以爲是雫子幹的嗎？陽介，你頭腦眞是太簡單了。你回想一下，要打開門扉，召喚死者，需要什麼？要召喚雫子，讓她大開殺戒，首先需要什麼？」

答案顯而易見。見我茅塞頓開的表情，宮本滿意地點點頭。

「不管怎麼樣，第一個人都必須由活人下手。這樣『像』才能發揮力量。說起來，岸田大叔就像是初期投資。所以我很小心行事，花時間慢慢來，免得他死得太快。」

一臉愉悅地述說的這個人，眞的是宮本嗎？我所認識的宮本，不是這麼殘忍的人——不，眞的不是嗎？或許只是我不知道而已、只是他僞裝得很好而已，他從一開始就有著這樣的一面。

那個時候，宮本就和我一樣，對霧繪懷抱著淡淡的情愫。毫無前兆地失去霧繪，帶著無處發洩的情感成長的宮本，回到村子以後，得知了事實眞相。然後他彷彿被引導一般，得到了「像」，並模仿三門一族過去的儀式，殺害岸田，開啓了通往陰間的門扉。

懷著爲了再次見到霧繪，不惜奪走他人性命的覺悟。

「起初我以爲立刻就能見到霧繪了。可是冒出來的全是一堆活屍般的傢伙，霧繪就是不肯出來。這時，霧繪的母親出現了。雖然我們並未交談，但我立刻就知道她在想什麼了，所以我決定協助她。只要利用雫子殺害村裡的人，蒐集更多更強烈的痛苦，霧繪一定會出現。我會把你們找來，也不是想和你們重溫友誼。我只是認為，即使時間不長，但你們曾經和霧繪好友一場，只要你們的痛苦累積在『像』裡，應該會更容易召喚出霧繪。」

宮本毫不心虛地說，我狠狠地瞪著他，牙關咬得幾乎都快發痛了。

「你殺害松浦和篠塚的理由也是這個嗎？」

「他們兩個從以前就不是什麼好東西。死要面子，做的事比小混混還不如，死掉是罪有應得。事實上他們眞的殺過無辜的人，是自做自受。」

看來宮本對於操縱雫子取人性命，絲毫沒有罪惡感。

「不過眞不愧是三門神社的巫女，下手毫不留情呢。生前拷問過無數的活祭品，取他們的性命，眞不是蓋的。這表示她死前就是這麼憎恨村子裡的人嗎？」

「——不光是這樣而已。」

那那木再次插嘴。

「每次儀式，都必須讓活祭品感受痛苦，三門雫子承受不了這種駭人的行爲，精神出問題了。即使如此，她還是爲了三門一族繼續執行巫女的職務，結果她失去了原本的人性，對於殺害祭品，再也不感到任何遲疑了。明知道是邪惡的行爲，仍不斷地去做，漸漸地，死者的憾恨讓她的人性變了調，變成一個與儀式無關、徹底執迷於奪取性命的行爲的殺人機器。她跨越了人絕對不能跨越的一線。最後一根稻草，就是失去女兒。雫子無法和女兒建立母女親情，爲了遲早必須讓女兒繼承巫女職務的諷刺命運而怨嘆，並爲自己禽獸般的模樣戰慄，但對她來說，女兒依然是她賴以生存的希望之光。所以當這唯一的存在被奪走，雫子化身的鬼怪，絕非尋常一般。她變成了極盡殘暴、連一絲慈悲都不存在的怨靈了。」

雫子的際遇，光是想像就教人心痛。被血淋淋的命運玩弄的雫子都已經死於非命了，卻又成了持有「像」的宮本的傀儡，重複著生前的凶行。到底要到何時，她才能斬斷這種惡意的連鎖？要怎麼做，她才能忘掉一切，安詳永眠？

雫子不發一語。她大睜著熊熊燃燒般赤紅的眼睛，不斷地流下血淚。從她的表情，什麼都看不出來。

「宮本，如果你說的是眞的，那麼你和霧繪……」

可能是無法不將腦中的疑問說出口，紗季顫聲問道。

「沒錯，我們其實是異母兄妹。可是這又如何？我不是把霧繪當成妹妹，而是視爲一個女人愛著她。在這十二年之間，這樣的感情一次都沒有動搖。我無法接受她死去的事實，一直對她念念不忘。我一直覺得總有一天一定要放下，但根本沒有這個必要。我可以再次見到霧繪。這次我們一定可以永遠在一起。」

「可是霧繪已經死了。你們不可能在一起。」紗季說。

「喔，我可不想聽什麼天人永隔。再說，只要有這玩意，就能打破阻隔我和霧繪之間的壁壘。只要在完全與陰間相通的皆方村，我就可以永遠和霧繪在一起。既然如此，豈有不這麼做的道理？」

紗季被宮本一頭熱的說法給震懾，什麼話都說不出來，陷入沉默。她只是以滿足悲傷的眼神注視著宮本。

「你的心情雖然不是不能理解，但你以爲做出這種事，你還能沒事嗎？」

那那木尖銳的指摘，強烈地觸怒了宮本。

「我哪知道！我只想和霧繪在一起，跟陰間陽世沒有關係。我們能在一起，這才是最重要的。你們爲什麼就不能理解？」

「我沒說無法理解。我尊重你的心情。這麼深地愛著一個人，爲了再見上對方一面，不惜任何代價，自私自利到這種程度，也實在值得讚賞。但是——」

那那木暫時打住，微微勾起嘴角，驕傲地笑了。

「——我不容許。」

「什麼？」

宮本以駭人的目光瞪著那那木。相對地，那那木雖然語氣冷靜，卻滲透出前所未見的敵意，眼神凌厲地看著宮本。

「確實，三門霧繪的際遇只能說是不幸。她身不由己地成爲下任巫女，明知道那是多麼駭人聽聞的醜惡行爲，卻仍必須繼承母親的職務。而且她還經歷了虐殺親母的試練。雖然以結果來說，霧繪並未繼承巫女職務，但是做爲代價，她失去了一切。如果說她有任何獲得救贖的可能性，或許就是像你這樣深愛她、需要她的強烈感情吧。可是，你忘了一件重要的事。」

「我忘了什麼？」

宮本嗤之以鼻，就像不值得一聽。

「三門霧繪的感受。你怎麼知道她真的需要你？她不是只把你當成普通朋友嗎？」

「這、這怎麼可能……！」

宮本當下無法反駁，視線飄移。

見他這樣的反應，那那木的嘴唇浮現洋洋得意的笑。

「我也稱不上深諳女人心理，所以不能說什麼，但至少還理解自作多情，是無法構成戀愛的。無論你如何深愛著她、對她灌注多強烈的愛情，如果她對你沒意思，那也只是你在一頭熱吧？來自完全不喜歡的人的好感，應該是全世界最惹人嫌的東西了。更別說要是她知道你的好感是建立在犧牲大批人命，甚至利用她死去的母親的靈魂，建立在毫無人道的行爲上，她會怎麼看你這個人？你眞心認爲她會欣然回應、接受你的愛情嗎？」

宮本方寸大亂，不停地抓頭。那那木冷酷至極的話化成了透明的利刃，毫不留情地切割宮本的心。

這樣還不夠，那那木趁勝追擊地說：

「你跟你輕蔑的村人完全沒有兩樣。只是立場不同而已，連把自己當成可憐的被害者這一點，都跟他們一模一樣。我就挑明了說吧，你跟村人，甚至是三門一族，都一樣是加害者，是殺人兇手。這樣的你說什麼『愛』，我絕對不承認。」

「囉唆，閉嘴！你懂什麼！我一直愛著霧繪，可是陽介老是黏在她旁邊。好不容易礙事的傢伙消失了，卻連霧繪都不在了。當時的我有多失落，你能明白嗎？不管再怎麼追求，都得不到眞正想要的事物，那種空虛你能懂嗎？不管是朋友還是兄妹都無關，我打從心底愛著霧繪——」

「我說過了，我不是不懂，只是我不容許。不要讓我說那麼多遍。」

那是毫無反駁餘地的徹底否定。宮本一陣驚愕，表情弛緩，一步、兩步地往後退，就彷彿遭到逼迫。

「哈！……哈哈哈……哈哈哈哈哈！」

宮本失去節制地狂笑起來，暗淡無光如死人般的眼神瞪著我們，將手中的「像」高舉至臉的高度。

「好吧，你們怎麼想都無所謂，你們只要為了我和霧繪去死就是了。」

「你想做什麼，宮本？」

「這還用說嗎？我要幹到底。你們也要幫忙。」

宮本手中散發幽光的「像」，光芒愈來愈強烈，以肌膚都能感受到的震動搖晃周圍的空氣。

「噫、噫咿咿咿咿！」

無法逃離、在拜殿角落看著這一切的忠宣唐突地發出慘叫。雫子擋在忠宣眼前，手中的木槌高舉至頭頂。

「只要殺了你，就算是為雫子復仇了。雫子對我言聽計從到現在，至少也得滿足一下她的心願。」

雫子潰爛的臉上浮現暴力式的笑容，揮下木槌。

「嘎啊！」

忠宣的腦袋應聲破裂，噴出的鮮血染紅了他的臉和衣物。

「住、住手……住手啊……」

「現在才在說什麼？求饒一點都不像村長的風格啊。你就跟其他人一樣，痛快地受死吧！孫女在看，起碼也要表現一下吧。喏，對吧，紗季？」

紗季什麼都沒說。她只是不住搖頭，彷彿喪失了語言能力。

「住手，宮本，已經夠了。」我說。

「夠了？你敢對雫子說一樣的話嗎？如果你真的理解她經歷的屈辱和悲傷，就算撕裂嘴巴，也絕對說不出那種話吧？」

「這……」

「你向來就是個乖寶寶，只會說些模範生發言。你沒有不惜犧牲，或是拋棄一切也想要守護的事物吧？」

這句話比宮本先前所說的任何一句話都更深地刨挖我的心。彷彿不願讓任何人發現的內心糾葛被他看透，一陣雞皮疙瘩爬滿了全身。

「爺爺！」

紗季發出悲痛的喊叫，同時忠宣撲倒在拜殿地板上。雫子俯視著不斷地擴大的血泊，大大地搖了一下手中的鈴。隨著鈴聲留下綿長的尾音逐漸消失，雫子的身影也融入了黑暗。

宮本以輕蔑的眼神看著窩囊地沉默的我，確認「像」的光輝。可能是因爲吸收了忠宣的痛苦，光芒比剛才更強烈、妖異地明滅著。

「霧繪在等我。我要走了。如果運氣好，你們或許也能見到霧繪。前提是你們能活到那時候的話。」

宮本沒什麼興趣地丟下這話，轉身離開拜殿了。

「你要去哪裡？宮本，等——」

我就要追上去，那那木抓住我的肩膀搖了搖頭。

「那那木先生，爲什麼要阻止我？」

「冷靜下來。你看清楚。」

聽到催促，我循著那那木的視線望去。儘管雫子消失了，四下仍被漆黑的黑暗封閉，境內各處還殘留著亡者的身影。

「這是怎麼回事？爲什麼他們還在……？」

過去幾次，雫子達成目的消失的同時，亡者也跟著消失了。然而現場的亡者卻沒有要消失的樣子，依然以空洞的眼神怨恨地看著我們。對他們而言的威脅——雫子不在了，因此他們並未發出怪叫，即使如此，那詭異的形姿仍完全足以喚起恐懼。而且數量還不止一兩人，更是令人驚駭了。

「我想得到的可能性，是籠罩村子的現象仍在持續。三門雫子消失，是她移動到其他地方去了吧。」

這時村中傳來尖叫聲，就像在印證那那木這番話。

「雖然找到了持有御神體的人，但狀況依然迫切危急。了解狀況的我們如果不做該做的事，『像』增幅的力量，會把皆方村從陽世徹底切開來。」

「萬一變成那樣，我們會怎麼樣？」

我心知肚明，絕對不會有什麼好結果，卻還是忍不住要問。

「失去陰陽界線的這座村子，將會和死者一起，永遠地漂泊在陰陽之間。如果不想變成那樣，就必須不擇手段搶走那座『像』，阻止宮本一樹。」

那那木以不容辯駁的口吻說。

第六章

1

我們離開三門神社，走下村郊平緩漫長的坡道，來到隧道前。一路上村子裡斷續傳來慘叫聲，但我們刻意不過去查看。就像那那木說的，不管是對亡者還是雫子，我們都沒有對抗的手段。即使趕到求救的村人身邊，也愛莫能助。比起這些，現在的首要之務，是盡快找到宮本，終結這可怕的現象。

在被幾乎令人哆嗦的寂靜籠罩的黑暗中，隧道張著大口，就像在埋伏我們。外牆部分顯得格外蒼白，強烈地散發出與白晝截然不同的邪惡異界氛圍。

「宮本眞的在這裡嗎？」

我問，那那木舉起逃走的村人留下的火把，仰望著隧道，簡短地點點頭應了一聲。

「嗯，他應該在發現『像』的這個地點，準備開門。洞穴內部聚集了隧道工程中死亡的工人及眾多活祭品的怨念，陰陽兩界的境界原本就不穩定，應該是舉行儀式最適合的地點。」

那那木以自信的口吻這麼說，邁步進入隧道當中。

隧道裡的空氣感覺更爲陰冷，即使不說話，也冷到牙齒打顫。腳步聲在隧道內部迴響著，感覺背後好像有什麼東西接近，我忍不住一再回頭。

前進一段路後，前方突然被一塊巨大的岩牆所阻擋。坑頂的混凝土崩塌，掉落的大量沙土和岩石堵住了去路。岩牆稍前方的地面有個細小的豎坑。往裡頭一看，昏黑的黑暗無限延伸，吹出略帶濕氣的風。

「有繩梯。看來宮本一樹平常就會來這裡。」

那那木這麼自言自語，毫不猶豫地踩上繩梯，順暢地下去坑洞裡了。紗季和芽衣子表現出遲疑的樣子，但留在這裡更讓人害怕吧。結果我們三個也跟著那那木沿著繩梯下去了。

下去三公尺左右，腳就踩到地面了。接下來是長長的橫穴，天花板很低，僅有約兩人並排前行的寬度。我們在裸露的岩壁圍繞的洞穴裡擠成一團前進。手電筒的光只能聊以慰藉，那那木手中的火把光芒感覺就像是唯一的生命線。

「萬一雫子在這種地方出現怎麼辦？」

「只能祈禱她不會出現。」

那那木直截了當地回答紗季的問題，目不斜視地趕路。

「就沒有什麼方法嗎？就算找到宮本，要是被雫子攻擊，我們毫無招架之力啊。」我說。

這一點那那木應該也很清楚。他不可能毫無對策就闖進這裡吧。如果他有什麼想法，我想趁現在先問清楚。

「再說一次，我們沒辦法擊退三門雫子，但我們有辦法給她想要的東西。只要願望得到滿足，雫子的怨靈應該就不會再攻擊任何人了。雖然困難重重，但絕非不可能的事。」

那那木說的方法是什麼，我完全猜不到。我忍不住懷疑眞有什麼雫子想要的東西嗎？但也不覺得那那木是在信口開口。

「說得更具體一點，好嗎？根本不曉得你在說什麼。」

紗季噘嘴抗議。那那木留意著前方的黑暗，意外乾脆地回應了她的要求。

「就是和女兒重逢。雫子沉淪於復仇，對宮本一樹唯命是從，大開殺戒，但同時她也一直在尋找霧繪。」

聽到這話，我心中的一個謎團冰釋了。雫子口中一直喃喃自語的意義不明的話。那是不是在叫霧繪的名字？死後仍無法擺脫巫女身分，淪為宮本利用的存在，但她仍不斷地在尋找心愛的女兒。現在這一刻一定也是。

發現這件事的瞬間，我感到一股撕心裂肺的強烈痛楚。雖然想要實現雫子痛切的心願，但我也理解在我們置身的這種狀況，這是極難做到的事。莫可奈何的急躁，讓我幾乎想要放聲吼叫。

「可是，要怎麼樣才能……」

芽衣子困惑地喃喃自語，這時走在前面的那那木突然停下了腳步。

「岔路。」

盡頭處是朝左右延伸的兩條路。那那木豎起耳朵，靜默不語，交互看了看左右通道前方，慢慢指向右邊的路。

「看得出來嗎？這前面有微光。」

「確實好像有點亮，就像有光透出來。宮本在這前面嗎？」

「嗯，應該是。你們可以先過去嗎？」

那那木自顧自說完，便走向左邊的路。

「等一下，你要去哪裡？」

「你們努力說服他，爭取時間。千萬小心。」

「咦？等一下……那那木先生！」

甚至來不及制止，那那木已經小跑步離開了。我們消沉地看著火把的光芒在微微轉彎的道路前方遠去，幾乎是一籌莫展。

爲什麼要在這時候單獨行動？或許和他剛才說的內容有關，但就算想也想不到答案，我們依照那那木的指示，往右邊的路前進。

爬上有些坡度的橫穴，纏繞著肌膚的濕氣愈來愈濃了。不安的情緒不斷湧上心胸，害怕牆壁和天花板隨時會轟然崩坍，讓我們被岩石和沙土呑沒。當我爲這個可能性恐懼，開始感到窒息的時候，坡道唐突地到了終點。

在前方等待著我們的，是一個難以想像是地下的廣大空間，以及地面中央張開大口的巨大坑洞。從這個位置看不見洞穴裡面，但其中溢出異樣的光輝，照亮了四周。整個空間充滿了光，不必依靠手電筒，也能清楚地看見五指。

坑洞前有個小祭壇，有個人影背對著這裡。

「——宮本。」

呼喚的聲音比預期中的更響亮。宮本慢慢地回頭看我們，露出有些驚訝的樣子。

「什麼，你們居然追到這裡來了？」

「宮本，這到底是什麼？」

「你說呢？陽介，猜猜看啊。」

宮本誇張地張開雙手，指示擺著那個外觀極盡冒瀆的「像」所擺放的祭壇，和後方的巨大坑洞。

我不可能知道。不，我才不想知道。我沒應聲，宮本對我們露出與他那張勤奮老實的臉格格不入的下流笑容。

「這個洞穴，是連接陰陽兩界的門。很厲害，對吧？上次來的時候只有現在的一半大，現在卻已經變得這麼大了。只差一點，就會完全敞開了。」

「宮本……你……」

「這個祭壇也很不錯吧？是我做的。我從公司偷偷搬運材料，努力打造出來的。和三門神社原來的祭壇或許不一樣，不過氣氛還是有出來吧？」

「宮本！」

我放大音量叫他。冷笑從宮本的臉上消失了。

「不必那麼大聲，我聽得到。我受夠現在才要被問東問西了，你們閉嘴去死吧。如果不想，就告訴我你們每個人心中的罪惡感。」

一道鈴聲不知從何而來。下一秒，宮本稍微後方的位置，大洞邊緣的黑暗凝縮而成的虛無空間浮現出雫子的身影。

「死前告解一下，也比較爽快吧？看在我們的交情上，我們不應該對彼此再有任何祕密。」

宮本說個不停，拿起了「像」，雫子就像被「像」的光呼喚一般，往前走去。兩隻血紅的眼睛、痙攣的燒燙傷疤，以及嘴上浮現的詭異冷笑。暴露在她全身散發出來的強烈惡意中，我幾乎要忘了呼吸。

「首先，陽介，你第一個來吧。」

宮本以幾乎要牽出絲來的黏膩眼神注視著我。

「你想要我說什麼？」

「這還用說嗎？你跟你爸的事啊。」

「我爸的事……？」

「沒錯，你爸是你殺的吧？」

心臟猛烈搏動，重重地撞擊我的胸口。窺看著我的宮本，眼中泛著和「像」一樣妖異的光。

就彷彿在說我內心的罪惡感，在他面前無所遁形。

「宮本，你夠了沒？你到底在說什麼？」

紗季抗議，芽衣子贊同，走上前就像要庇護我。

「對啊，爲什麼陽介要殺他爸？不要拿他跟你相提並論。」

「哈哈，這話可眞刻薄。那，怎麼樣啊？陽介？你也這麼想嗎？」

「我……」

我想要否定，卻說不出話來。不明白內情的紗季和芽衣子相信我並庇護我的模樣，反而更讓我無地自容。

「得到這座『像』以後，我開始隱約可以察覺到一個人懷有多深的罪惡感了。就像這樣，那個人的胸口一帶籠罩著一層霧。這種霧愈濃，那個人就愈是深受罪惡感折磨。松浦和篠塚的也很誇張，但你比他們還要扯啊，陽介。」

宮本把玩著手中的「像」，落井下石地接著說：

「你恨你爸，對吧？你覺得你媽會離開，你們會遷出村子，全都是你爸害的，恨他恨到想要殺了他，對吧？」

被說中了。我恨我父親。如果我父親振作一點，我的人生應該會是更不同的樣貌。我不知道多少次怨懟：爲什麼我會遇到這種事？

爲什麼母親拋下我走了？爲什麼我和霧繪要被活活拆散？對於在陌生土地無法融入新生活的我，父親甚至沒有爲我擔心的樣子，沉溺於酒精，沒有盡到半點父親的責任。我痛恨這樣的父親。我一直恨著他。然而爲何我會這麼痛苦？爲何我會對父親的死感到罪惡？

父親死去的那一天，我的心胸開了一個大洞。不知其來何自的失落感，讓我萌生罪惡感，不管經過多久，痛苦都不曾稍減，無時無刻不煎熬著我。

「……沒錯，是我殺的。」

「陽介？騙人的吧？」

芽衣子驚訝瞠目，紗季則是疑惑地看我，一副無法相信的樣子。至於宮本，他臉上的歡喜之色幾乎要滿溢而出。

「我爸是我害死的。他在空無一人的家裡，自己割斷喉嚨，沒有人看顧，一個人死掉了。我發現他的時候，都已經過了三天。房間裡滿是惡臭，屍體到處都腐爛長蒼蠅了。」

不知回想過多少次的情景浮現腦際。蜂擁而上的感情浪濤毫不留情地搖撼著我的心。

「我覺得我爸是死給我看的。他叫我回去，就是想告訴我：老子就是你殺的。我一直希望我爸去死，但他眞的死了，我卻覺得宛如世界末日一般，震驚極了。如果我陪著我爸，或許他根本不會自殺。就算他討厭我、恨我，也總比他死了要來得好。我爸等於是我殺的。」

一口氣說完後，我瞪著宮本。他露出有些呆傻的表情，嘴巴半張，很快地嘖了一聲，大失所望地說：

「什麼嘛，簡而言之就是你爸自己去死了嘛。然後你自己愛把責任往身上攬，沉浸在罪惡感當中，是這麼回事嗎？」

我沉默以對，宮本更大聲地嘆了一口氣，一再搖頭。

「我太失望了，陽介。還以爲你是我的同類，我眞是看走眼了。」

宮本手中的「像」妖異地閃耀起來。同時雫子幽幽地動了。火紅的異形之眼定定地看著我，瞄準目標似地瞇了起來。

「咕啊……！」

瞬間，突如其來的痛楚讓我忍不住大叫。右腳膝下一陣劇痛，我忍不住彎身跌倒。好不容易撐住幾乎要被震飛的意識，確認一看，右腳從膝蓋一帶彎曲成直角，已經失去感覺了。

「住手！住手宮本！你爲什麼要這麼做！」

「喂喂喂，連這種時候都還是陽介第一嗎？妳眞是一點都沒變呢。因爲霧繪，陽介根本不理妳，妳卻對他這麼專情，眞是讓人看了都要掬一把同情之淚啊！」

宮本惡意地嘲笑了芽衣子一陣，忽然想到似地揚聲說：

「對嘛，霧繪不在了，只有妳一個人暗自竊喜吧？陽介一直都被霧繪獨占，妳很不甘心嘛。妳心裡很恨霧繪，對吧？」

「你、你在說什麼？我怎麼可能……」

宮本沒有放過芽衣子細微的驚慌，探出身體，繼續攻擊。

「妳覺得大快人心，對吧？妳就是這種人嘛。美香那時候也是，假意傷心，明明一直埋怨她整天黏在我們屁股後面，煩死人了。雖然表面裝作感情好的樣子，但其實妳覺得霧繪礙眼到家吧？」

芽衣子激烈地搖頭否定。

「才不是那樣！霧繪跟美香都是我的好朋友！」

「嘿，好朋友喔？眞方便的詞呢。那，計畫變更。芽衣子，妳來告訴我吧。」

宮本手中的「像」再次大放光芒。下一秒，芽衣子發出尖厲的慘叫，整個人彎下去，當場跪地。她的左手劈哩啪啦作響，手肘以下扭轉了一百八十度。

「不要啊啊啊啊啊！」

「芽衣子，振作一點！」

紗季伸手抱住倒地的芽衣子。

「喂，宮本，你想做什麼！」

「不是說了嗎？計畫變更。喏，芽衣子，在妳最心愛的陽介面前告白吧，說出妳內心的罪惡感。」

宮本凝聚著妖異光芒的眼睛注視著芽衣子。

「我……我……」

那股視線中不可抗拒的強制力，兩三下便支配了芽衣子。芽衣子痛得呻吟，害怕得顫抖，怯怯地擠出話來：

「我看到了……跟美香一起……啊啊！」

啪啦！隨著砸碎般的聲音，芽衣子的雙腳同時扁塌了。骨片扯破肌肉插出皮膚，鮮血迸射一地。

「妳看到什麼？不快點說，雫子可不會等妳。」

宮本愉快地顫動著喉嚨說。芽衣子更劇烈地喘氣，斷斷續續地拚命說：

「我們看到……霧繪的爸爸……把什麼東西……搬到神社……後山。是人。都是血、軟趴趴的……我告訴……我爸……」

聽到這裡，宮本的表情丕變。他橫眉豎目，表情凶險，全身顫抖。

「——這樣啊。妳跑去告訴妳爸，所以九條那老頭才會懷疑起三門。原來九條那不是單純的直覺也不是私怨，而是因爲聽妳爸告狀嗎？」

「我沒想到、會變成那樣……啊！不要啊啊啊啊！」

隨著呼天搶地的慘叫聲，芽衣子的身體彈跳了幾下。就像被看不見的什麼東西擊打一般，胸部和腹部也噴出血來，並嘔出大量的鮮血。

「不！芽衣子！」

我聽著紗季尖叫，卻只能坐視這一幕。

「芽衣子，看妳幹了什麼好事？妳跟夏目那大叔根本是半斤八兩。都是妳多嘴，村人們才會殺到三門神社去，搞出那種事來。」

芽衣子仰望著半空中，全身微微地抽搐著。全身各處插出碎裂的骨頭前端，甚至已經無法正常呼吸了，但芽衣子還是繼續說：

「我一直……耿耿於懷……和誰在一……都不快樂……全都……是我……」

芽衣子身上的多處瘀傷，應該是在日常中遭到男友或類似對象暴力對待吧。手腕上的疤痕，一定也是割腕的痕跡。這十二年來無法向任何人坦承的罪惡感，以這樣的形式在芽衣子身上留下了痕跡。

「啊啊啊……啊啊……嗚啊啊！」

芽衣子的聲音因爲更強烈的恐懼而顫抖，沒有意義的話語從血淋淋的口中溢出。抱著她的紗季看見逼近眼前的雫子，喉嚨倒抽一口氣，放開芽衣子後退了。失去支撐的芽衣子，身體無力地躺倒，空虛的眼睛朝我望過來。

「我……不想死……陽介……我還……沒……」

「芽衣子！」

一行淚水滑落芽衣子的眼睛，緊接著那張臉被砸爛消失了。

砸下的木槌離開地面時，牽出了鮮紅的黏液絲線，骨片和組織散落在周圍。

雫子對一眨眼便成了沉默肉塊的芽衣子失去興趣，幽幽地直起身來，下一個瞄準了紗季。

「不要、住手……不要過來！」

紗季站起來想要往外衝，卻失去平衡，往前栽倒，同時發出幾乎要刺破鼓膜的慘叫喊痛。

她的雙手肘關節朝反方向彎折了。

……咕呵……呵呵呵呵呵……

雫子的笑聲在空間裡迴響，從四面八方傾注而下。從頭頂、背後，甚至直接傳入腦中的那聲音，彷彿貼附在腦內一般，緊攫住我不放。

「下一個輪到妳了，紗季。」

「不要啊啊啊！」

紗季聲嘶力竭地大叫。然而不管她叫得再怎麼慘，都不會有人來救她。不管是溫暖的光、溫度，或是感受到生命呼吸的事物，都不存在於這裡。這裡有的，只有無盡的黑暗與絕望，以及絕對的死亡。

「住手吧，宮本。我求你了……」

「別說傻話了。我從以前就看這個女的不順眼。眼睛長在頭頂上，不可一世，只因爲是村長的孫女，就狗眼看人低。不是嗎？要不是這種情況，這傢伙絕對不可能乖乖老實招出真心話。」

宮本俯視著哭喊的紗季，沉浸在愉悅中。

「陽介和芽衣子都從實招來了，妳也差不多該招了吧？」

「你要我說什麼？我什麼壞事都沒做！」

「——其實妳是跟老公離婚，跑回娘家的吧？」

瞬間，紗季表情凍結，啞然失聲。

「妳虐待、殺死自己的兒子，這件事村子裡每個人都知道。老公也不要妳了，結果妳也只能回來投靠妳痛恨的父親跟爺爺。」

紗季想要開口，但宮本不給她辯駁的餘地，連珠炮似地說：

「妳想忘掉一切，回到村子重新來過嗎？殺死自己的孩子，居然能滿不在乎，妳這個母親到底是在想什麼？可以現在告訴我們嗎？」

「囉唆！」

紗季尖聲叫喊，瞪住宮本，肩膀上下起伏，粗重地喘氣。

「我那時候也很難受，已經瀕臨極限了！」

「喂喂喂，難受的是被妳殺掉的孩子吧？還找藉口，不覺得丟臉嗎？你說對吧，陽介？」

就算他要我同意，我也不可能說什麼。被宮本高舉的「像」一照，紗季死心認命地說了起來。

說出她一直隱藏在心底的罪惡記憶。

「陽介離開村子的前一天，霧繪來我家找我。她非常苦惱，說要是她接替母親成爲巫女，就再也無法離開神社，也見不到朋友了。她向我坦承說，她不想要這樣，所以想要逃走。我當然反對了。她能逃到哪裡去？要怎麼活下去？我搬出這些現實問題逼問她。結果你猜，她說了什麼？」

紗季再次望向我，眼中除了強烈的憤怒，還有複雜的感情。

「她說她要跟陽介一起離開村子。說要跟陽介一起走。也就是說，她要拋棄這座村子。集眾人欽羨於一身的神社女兒，要拋棄自己的家，跟男人私奔？眞是荒唐到極點了。喏，你們說對吧？你們也這麼想吧？」

紗季幾乎是強迫性地質問，哼了一聲。

「這座村子的人，每個人都把霧繪當成天使一樣崇拜。從她小時候就一直是這樣，她到底還有什麼不滿？接下巫女工作以後就不能離開神社了？這不是很好嗎？這表示大家就是這麼需要她啊。她甚至沒發現有人需要是多麼幸福的一件事。霧繪這種地方一直讓我很看不順眼。」

紗季發出咬牙切齒的聲音。霧繪去找紗季的那天晚上，紗季長年來壓抑的感情終於瀕臨極限了吧。

「我無法原諒她。我已經受夠繼續嫉妒霧繪、爲了她而氣惱了。我覺得如果她要跟陽介一起離開村子，那就隨她的便。可是我立刻改變心意了。霧繪還是必須待在村子裡。所以目送說要去找陽介的霧繪離開後，我立刻通知她爸了。霧繪被她爸逮住，抓回神社了。陽介什麼都不知道，離開村子，霧繪接受了交接儀式……」

紗季說到這裡打住，一行淚水滑下臉頰。

「一切都照著我的意思發展。這樣就會順利了。一想到霧繪會關在神社裡，一個人孤單地活下去，我高興極了。我以爲這下我就自由了，再也不用嫉妒她了。」

紗季僵硬地搖晃身體，就像個壞掉的人偶，空虛地笑了。

「沒想到居然會演變成那樣。美香下落不明，爺爺他們闖進神社，霧繪被殺了。大人沒有明白地告訴我到底發生了什麼事，但我大概猜得出來。可是那些都不重要。霧繪死了。我不知道該怎麼面對這個現實。腦袋裡只有她不在了這件事，結果我忽然覺得一切都不重要了……」

空虛的表情中泛起一絲落寞，紗季的眼中再次盈滿淚光。

「……我一直好羨慕霧繪。霧繪永遠是最美好的那個人，我卻是人人討厭的村長的孫女。外表也完全比不上她。我永遠無法成爲第一。我以爲只要霧繪不在了，一切都能如願了，但是我錯了。狀況變得更糟了。爺爺開口閉口就是繼承人的事，對我毫不關心。我爸連我的名字都沒有叫過。生爲女人又不是我自願的，卻用責怪的眼神看我。而且居然還拿那種下賤女人代替我媽！」

滾滾沸騰的憤怒讓紗季的表情驟變，她憤恨地啐道。

這時，雫子朝著紗季的太陽穴一槌揮去。紗季短促地尖叫一聲倒地，以顫抖的指尖觸摸挨打的部位。破裂的側頭部汩汩湧出鮮血，但紗季在強烈的情緒驅動下，撐起上身繼續說：

「所以我覺得這種村子隨便它去死了。眞的很諷刺呢。結果我的想法變得跟霧繪一樣。我以爲別的地方一定會有人需要我，只要去到大都市，一定可以找到需要我的人，結果在外面也是一樣。老公丟下我跟小孩，窩在外遇對象那裡不回家，我一整天就只能跟小孩在一起。一天二十四小時聽著那刺耳的哭聲，連睡都睡不好，卻沒有人願意幫我，也沒有人安慰我。我——」

叩！雫子的手再次一揮，發出一道沉悶的聲響。紗季仆倒在地，焦點渙散的眼睛迷茫地游移。

「大家……都把……放在後面……霧繪也是……什麼都……」

「——霧繪被妳自私的嫉妒給害死了。」

宮本打斷斷斷續續地呢喃的紗季，斬釘截鐵地說。

「才……不……」

「不，就是這樣。妳爸跟妳爺爺都不愛妳，身邊的人也都不理妳。妳不想承認自己是個無足輕重的存在，所以很羨慕想依自己的意志離開村子的霧繪。因爲不想讓自己變得更慘，所以妳扯了霧繪的後腿，就只是這樣而已。要不是妳多事，害霧繪被抓回那座爛神社，她也不會被牽扯進去死掉了。妳也跟芽衣子一樣，是殺死霧繪的共犯。」

宮本啐道，以此爲信號，雫子以緩慢的動作覆蓋到紗季身上，朝著她的臉揮下木槌。兩下、三下，執拗地反覆捶打，每次紗季的手腳便跟著不斷地輕微痙攣。

「住手……」

我幾乎是無意識地懇求。

「……求求你……住手吧……」

這話是在對宮本，還是對雫子說？我連自己都不知道了。誰都好，拜託阻止這齣慘劇吧！

……咕呵呵呵……呵呵嘿嘿嘿嘿……

雫子的大笑聲更響亮了。她執拗地毆打紗季，笑個不停，彷彿快樂得不得了。明明可以一擊就把人類的頭顱粉碎，她卻刻意慢慢折磨紗季，以極限的痛苦將她推入絕望的深淵。

「啊……嗚……嗚嗚……」

紗季的喉間波咕作響，吐出黑濁的血液，以埋沒在腫脹眼皮中的雙眼定定地注視著什麼。

紗季對著不應該存在於那裡的某物平靜地說：

「對……不起……我不是……好……媽媽……」

揮下的最後一擊，粉碎了紗季的頭部。

2

繼芽衣子之後，紗季也被殺了。

告白內心的罪惡感，連求饒都不被接受，淒慘地死去。

不管是看到有人被殺，還是看到化成厲鬼的雫子殺人，都已經夠了。

好希望所有的一切都消失。如果這幾天發生的一切都只是一場惡夢，那會是多大的救贖？

「抱歉讓你久等了，陽介。你是壓軸。」

宮本拿著吸收了紗季和芽衣子的痛苦，獲得了更大力量的「像」，一臉滿足。

模仿超越人類智慧的異形的「像」散發光芒，與其呼應，地底下傳出劇烈的震動。土石嘩嘩落下，我忍不住伸手護住了頭。巨大坑洞的邊緣發出聲響崩落，變得更大了。比一開始看到的時候更大、更深不可測。

「很好。我感覺得到，門已經要全開了。霧繪，等我吧！再一下就——」

「你夠了沒？宮本！」

我厲聲打斷那陶醉的呢喃，下定決心對他說。

我沒辦法再沉默下去了。這次非得扭轉宮本的錯誤才行。

「其實你根本清楚吧？就算做這種事，也見不到霧繪。」

「你在說什麼？怎麼可能見不到？霧繪就快來了。」

「不，我不是那個意思。我們認識的霧繪已經——」

「閉嘴，陽介！」

宮本不讓我說到最後。

他帶著怒號大叫的同時，覆蓋在紗季身上的雫子直起了身子。血紅雙眼盯著我，瞬間我全身吱嘎作響，一陣難以承受的壓迫感襲來。彷彿全身被老虎鉗夾住般的感覺，讓我忍不住苦悶作聲。

雫子提著沾滿無數犧牲品的肉片、流淌著黏膩血液的木槌，縮短了與我之間的距離。

「追根究柢，都是你害的，陽介。都是因爲你獨占霧繪，我只能在一旁乾瞪眼。要是沒有你，霧繪一定也會關注我，變成我的人。我就是這麼想，才會拜託我爸的跟班山際找你爸的碴鬧事，讓你們在村子裡待不下去。」

五雷轟頂般，衝擊竄過全身。這意想不到的發言讓我不敢置信，甚至忘了腳上的痛，直盯著宮本看。

「嚇到了嗎？你爸跟村人為敵，失去飯碗，家庭崩壞。你媽出去兼差，在職場跟男人搞上私奔了。你們家在村子裡待不下去，搬走了。一切都如同我的計畫。」

宮本俯視著我，一副好笑到不行的樣子，洋洋得意地竊笑著。

當時的記憶宛如走馬燈般在腦中馳騁而過，我陷入一種它們一個個崩塌碎裂的失落感。我無法接受攤開在眼前的事實，腦中一團混亂。

「你爸大概早就發現了。他發現錯不在他，也發現是因為你，才害他遭遇不合理的對待，丟掉飯碗。所以他才會恨你。不肖兒子完全沒發現自己毀了這個家，只知道責怪父親，看在老爸眼裡，會是什麼感受？你自己回想一下吧，一直以來，你對你爸做了些什麼？什麼都不知道，只會把自己的老爸當壞人，害他痛苦，最後還逼他走上絕路。不是因為你沒陪在他身邊，而是你的存在本身，逼死了你爸。」

我一句話都無法反駁。腦袋裡已是一片空白，連逼近而來的雫子的身影都無法去認知。我甚至覺得所有的一切都無所謂了。

全都是我害的——

力量逐漸從身體流失，我連抵抗的意志都失去了。

不知不覺間，雫子正俯視著我。看在那雙布滿血淚的眼睛裡，我是什麼模樣？她正蔑視、嘲笑著愚蠢的我嗎？還是正要揮下她的手，好把我從痛苦當中解放出來？

哪邊都無所謂。都無關緊要了。任何刑罰，我都甘願承受。畢竟這是我應受的罪。

我毀了我的家，毀了父親的心，甚至奪走了他的性命。

我的想法果然沒錯。

我根本沒資格成家生子。

我沒有當父親的資格，連活著的資格都沒有。

……咕呵……呵嘿嘿嘿嘿……

我聽到雫子的笑聲。赤濁的淚珠從下巴滴落，她緩緩地舉起手來。

然後——

「——你錯了。」

一道聲音突如其來撞進耳底。

雫子高舉木槌，就此僵住，那張臉不是對著我，而是對著聲音傳來的方向。她的視線前方，是那那木。他的西裝和襯衫都沾滿了泥污，領帶鬆開邋遢地掛在脖子上。同樣沾滿泥巴的手抱著一團黑布包裹的物品。

「那那木先生……」

「抱歉我來遲了。那邊費了點工夫。」

那那木從我們進來的地方不同的橫穴進入這個空間，望向我已面目全非的兩個朋友。他似乎立刻理解了狀況，眼睛痛惜地瞇起，緊接著射出銳利的光芒，注視著宮本。

「又是你？可以請你別再插手我們自己人的問題了嗎？」

「我是很想這麼做，但錯誤不糾正過來，到時餘味很糟。」

「……錯誤？」

宮本訝異地反問，那那木輕輕聳肩回應，望向了我。

「你父親是自己選擇絕路的。就算你一天二十四小時盯著他，也不可能阻止得了。尋死的人不管旁人怎麼做，就是會死，沒有他人插手的餘地。即使是父子，也不可能讓對方回心轉意。」

那那木說到這裡，豎起一根指頭。

「還有一件事，三門一族標榜的『死者會制裁罪人』的教義，有個致命缺陷。說到底，人與罪的關係是密不可分，切也切不斷的。我們每天或多或少都在犯罪。用不經意的話傷人，因爲無心的行動引來怨恨，無意識地把別人對自己的惡意傳染給他人，這就是人的本質。除非是不經事的嬰兒，還是失能的老人，否則不會有任何例外。重要的是覺察到這一點，反省自己的言行。罪惡感就是改過的第一步。因爲有罪惡感，人才能認清己非並且改過。沒有人能完全不犯任何罪，爲了和別人一起活下去，我們才具有罪惡感這樣的功能。」

那那木來到我和宮本中間的位置，停步指向宮本。

「現在的你，不就是最好的例證嗎？你剛才的發言不僅是貶低井邑，也是因爲你想要告白自己的罪吧？」

「少胡扯了，我幹麼對這種快死的傢伙做那種事？」

「你因爲自身的嫉妒，毀了井邑的家庭，製造出讓他一輩子都擺脫不掉的罪惡感。這件事一直讓你如鯁在喉。所以你才會向本人坦承，想要多少減輕一點罪惡感。」

「不對，才不是這樣。我對他……」

「你一直很羨慕井邑，對吧？他擁有你沒有的一切。他有著和睦溫暖的家庭、有知心的朋友，甚至擁有三門霧繪的心。」

「不對……不對不對！我……我只是……！」

宮本不停搖頭，拚命想要逃離那那木的指摘。但他愈是否定，那那木的糾彈似乎就愈深地扎進他的心胸。

「但就算撵走了井邑，你還是沒辦法變成他。就算做出愚蠢的行爲貶低他，你的家人也不一定就會看重你。人生不是零和遊戲。證據就是，你到現在還是無法得到三門霧繪的心，不是嗎？」

「你這傢伙給我閉嘴！你說所有的人都有罪惡感？那麼你呢？如果你也有罪惡感，那麼雫子沒道理不宰了你吧？」

宮本口沫横飛，強硬地打斷那那木，以幾乎要擲出去的動作把「像」舉向前方，眼睛亮起妖異的光芒。

「讓我看看你的罪惡感吧——！」

然而，這時宮本的表情僵住了。就彷彿發現了某種不應該在這裡的事物，難以置信一般，驚愕地失去了表情，嘴巴鬆垮地張開，擠出顫抖的聲音。

「這……什……麼……？」

宮本僵硬的表情驟變，染上了懼色，急促地喘著氣，周章狼狽地後退。

「你到底是……」

宮本在那那木當中看到了某些無以名狀的事物，遭受到幾乎無法形容的強烈震撼。向芽衣子和紗季宣告死亡時的冷酷和餘裕消失無蹤，他只是純粹地畏懼著那那木。

那那木定定地注視著這樣的宮本，嘴唇靜靜歪起，無聲無息地笑了。那並非嘲笑或挑釁對方的笑，而是更異質、更深不可測的感情。不，是甚至難以稱爲感情的奇妙之物。

「住手，不要看我！不要看我！」

宮本承受不住那神祕的恐懼，終於大喊出來。他求救地看向雫子，強硬地命令她：

「喂，快點宰了那傢伙！」

雫子聽從宮本的命令，轉向那那木，然而木槌卻從血淋淋的手中滑落了。木槌在墜落地面前一刻無聲地消失，不留任何殘骸。

……噢噢……噢噢噢噢噢……

雫子發出的，是一種筆墨難以形容的悲嘆聲。

鮮紅搖曳的兩隻眼睛對著那那木——不，對著他遞向雫子的黑色包裹。這時，短暫的一瞬之間，那那木朝我投以別具深意的眼神。

那那木手中的黑色包裹。不斷地重複慟哭般哀嘆的雫子。還有對我的眼神的意義。當我從這些導出答案時，我幾乎是被操縱一般地脫口而出。

「霧繪的……遺骨……」

宮本驚愕地回頭看我，那那木滿意地點點頭。

雫子大大地張著不祥的鮮紅雙眼，伸出雙手。原本不斷從她的身體散發而出的強烈憤怒與憎恨等感情，這時已徹底消失，形影不留。

……繪……霧繪……

強烈傾訴一般，雫子呼喚著女兒的名字。那那木輕輕掀開黑布，露出被塵土沾污的骷髏頭。

「不、不可能……在哪裡……怎麼找到的……？」

宮本夢囈似地自言自語。

「我和井邑他們分頭走了另一條路，發現了一個坑洞。本來只想探頭看一下，結果腳底一滑，在洞裡發現數不清的屍體。抬頭一看，坑洞上方直通地面，所以我猜出這裡是三門一族拋棄活祭品屍體的谷底。我費了好一番工夫才找到的，幸好有黑色巫女服可以辨認。」

那那木微微掀起一塊黑布。接著他用另一手把骷髏頭拿到眼睛的高度，遞到雫子面前。

……噢噢噢……霧繪……霧繪……

雫子以被鮮血染得赤黑的指頭輕撫骷髏頭，接著以雙手包裹一般溫柔地將其擁入懷中，顫聲啜泣。充滿了深切哀傷的聲音空洞地迴響著。

在世的時候，無法建立起稱得上母女親情的關係。對於女兒的愛情、死於非命的雫子深切的母愛，都化爲帶著嗚咽的悲鳴傾吐而出。

雫子帶著死後仍不滅的對女兒的愛情，將骨骸抱在懷裡，騰空地往後退去。同時她身上的黑衣綻放光芒，彷彿一點一滴變得透明。就好像染滿黑衣巫女的各種邪惡感情——「污穢」被一掃而空。

長髮在大洞裡吹起的風中飄揚，雫子的雙眼已經不再染滿血色。散發慈悲光芒的清澈眼睛平靜地眯起，遭火吻而扭曲的皮膚變得通透白皙。

這如假包換是三門雫子原本的模樣。卸下巫女職務這個重擔，完全就是疼愛孩子的聖母。

……霧繪……霧繪……我一直……

雫子的身體一個搖晃，朝洞緣倒去。我甚至忘了眨眼，入神地看著無聲無息地落下大洞的她的身影。

這個落幕來得太過唐突，幾乎讓人覺得先前經歷的種種只是一場噩夢。

「開什麼玩笑！開什麼玩笑！喂！這是在搞什麼！」

束手無策地在一旁看著的宮本瞬間亂了陣腳。

「霧繪要跟我在一起！就算找到她的骨頭，也不能怎樣。她要變回當時的模樣回來，否則就沒有意義了啊！」

宮本幾乎失去了自制力，破口大罵，恨恨地跺腳，已經忘了我和那那木的存在了。

「好不容易都走到這一步了……怎麼會這樣……怎麼會這樣……」

我抓緊這個機會，強忍流竄全身的劇痛爬起來，一腳踹地撲上去衝撞宮本。宮本被出其不意地一撞，倒向祭壇，拂倒了許多祭具。接著我倆重重地摔倒在地。

這時，宮本失手鬆開了手中的「像」。

「不行！停下來！」

落下的「像」朝大洞滾去。宮本悲痛大喊，連忙站起來追趕「像」，上半身探向大洞伸出手去。

「——哈哈哈！太好了，被我抓到了！」

他似乎在千鈞一髮之際抓住了「像」。喜悅與安心交雜的聲音在空間裡迴響。

「只要有它，就還有機會。這次霧繪一定會……啊……啊咦？」

宮本發出格格不入的錯愕聲音。下一秒——

「咿嘎啊啊啊啊啊！啊哇啊啊啊啊嗚嗚嗚啊啊啊啊！」

宮本厲聲慘叫，踢蹬雙腳，滿地打滾。他胡亂喊著「好燙」、「好難受」，用指甲猛力抓臉。目眥欲裂地張大的兩眼不知為何變成一片白濁，早已失去了應有的光芒。

雖然不清楚明確的原因，但若要假設，有可能是宮本在追逐「像」而探身過去的時候，目睹了大洞的深處——與陰間相連的門扉另一頭，看到了讓人再也忘不了的駭人異世界光景，以及棲息在當中的什麼——比方說，由那座「像」所象徵的超越人類智慧的存在。

宮本反覆用頭撞地，破裂的額頭大量噴血，但他仍重複著我無法理解的言詞。

這時，宮本近似慟哭的吶喊綿延不絕的洞內，湧進了令人屏息的陰氣。大量亡者攀附在大洞的邊緣，爬了上來。

這些亡者悲哀的靈魂多次遭到冒瀆，有時被任意操弄，但這時他們湧向了不斷自傷的宮本的身體，想要把他拖進洞裡。

「宮本……」

我忘了斷腳的疼痛，反射性地想站起來，但那那木不知何時來到我旁邊，搖頭制止。

「太遲了。如果插手，連你都會遭殃。」

那冰冷至極的一句話，讓我只能聽從。

眾多亡者同時撲抓上去，毫不留情地蹂躪宮本。宮本被抓得皮開肉綻，露出的骨頭和內臟被扯了出來。

宮本的頭從胴體被扭斷，卻仍不斷地發出怪叫，白濁的眼睛也依然大張。沾滿自己鮮血的臉貼著陶醉的笑容，和亡者一同消失在大洞裡。我只能無語地看著這樣的朋友。

宮本和「像」消失在大洞以後，先前噴出的光漸漸開始失去光輝。地鳴般的聲響再次傳出，細碎的土石嘩啦啦落下。

「你還行嗎？井邑。」

那那木彎身查看我的腳的傷勢。

「抓住我的肩膀。一定很痛，但得先離開這裡才行。」

「嗯，我知道。」

被別人一說，應該已經忘記的疼痛轉眼又回來了。滲透身體中心的劇痛讓我顏面糾結在一起，我抓住那那木的肩膀站起來，這時發現眼前漂浮著蒼白的光珠。

不知從哪裡冒出來的許多光群在我們的身邊浮遊著，很快地被吸入似地消失在大洞裡。

「這……到底是……？」

「是從洞穴裡爬出來的亡者的靈魂吧。或許是消失在門的另一頭的『像』，正在回收之前吸引的靈魂。只看結果的話，我們成功爲皆方村遭遇的異象畫上了句點。」

安眠遭到妨礙，在村中遊蕩的可憐靈魂，終於開始前往原本應該要去的地方。這幕幻想景致讓人聯想到在水邊飛舞的螢火蟲，我的目光不由得被吸引了。

「那那木先生，幸好你來了。我本來以為你不會來了。」

「喂喂喂，你居然把我當成那種膽小鬼？以為我孬種成那樣，會在那種狀況下叫你們先走，然後一個人逃走？」

那那木一副不服氣的樣子輕笑說：

「唔，確實，我不打算扮演正義使者。我也理解自己只是普通人，沒有特別能力，所以不會有勇無謀地和沒有勝算的對手衝突，如果感到危險，也會夾著尾巴逃走。為了活下來，就算是殺人兇手還是恐怖分子，我都樂意聯手。」

「這是玩笑話吧……？」

我半信半疑地問，那那木賊賊地揚起唇角，含糊地聳了聳肩。

「總之，我並非無論如何都要救你們才趕來的。我只是找到擊退鬼怪的方法，想要看看實踐之後，會有什麼結果而已。當然，我也覺得扼腕，若是我能更快一點，結果也會不同。」

那那木有些沉聲說道，望向芽衣子和紗季的屍體。我覺得在他的側臉窺見了先前從未感受過的人性情感。

「這下死者再也不會回到這座村子了吧？」

「應該。不會再發生悲劇了。只要這個洞關起來，就眞的——」

說到這裡，那那木突然停頓了。

「怎麼了嗎？」

問也沒有回應，我訝異地望向那那木視線的方向，發現大洞前方站著一個人影，不知何時就在那裡了。

那是個飄搖不定、感覺一吹就散的不安定白影。白影漸漸顯現出輪廓，可以看見表情的時候，我忍不住懷疑自己眼花了。

「……爸？」

我感到難以置信，卻也奇妙地確信絕對不是眼花。那是比最後看到的父親更年輕、英姿煥發的魁梧身姿。

我小時候最愛的父親就在那裡。

「怎麼會……？爸……」

默默看著我的表情非常平靜，嘴唇甚至浮現微笑。是比記憶中的任何模樣都要溫暖慈祥的表情。

「你爸？那個人是你父親嗎？」

「對，是我兩年前過世的父親。可是他怎麼會在這裡……？」

因爲不知緣由，我們都沉默了。

……還好嗎？陽介……

父親忽然開口了。是未能構成聲音的細微聲響。我不知道那眞的是父親說的話還是幻聽，但無論如何，這句話喚醒了我一直深藏在記憶深處的某個景象。

當時母親剛離家不久，我和父親一起去了別津町。是爲了去我就讀的國中辦理轉學手續。

當時我和父親已經幾乎沒有對話，搭乘公車的期間，彼此也互不開口。

下了回程的公車時，父親不知想到什麼，離開通往皆方村的路，開始登上前往山頂的坡道。我莫名其妙地跟上去，走了約十五分鐘，來到能夠將村子一覽無遺的高台。將落的夕陽火紅得驚人，每一道拉得長長的薄雲都射出緋紅的光。遙遠處，群青色的天空另一頭，第一顆星星正在閃爍。

我和父親就在那裡，也沒有說話，就只是仰望著天空。很快地，太陽西沉，我們看著閃爍的星星數量漸增，這時父親低聲開口了：

「還好嗎？陽介。」

起初我不明白父親在說什麼。我以爲他是在擔心入夜以後氣溫下降，結果不是。父親轉向我，有些含蓄地再問了一聲：

「你還好嗎？」

母親離家後，父親沉溺於酒精，但仍每隔數天就會前往別津町找工作。但結果並不順利，只能搬家轉學，但父親並非從一開始就放棄一切努力。放學後餓著肚子回家，家裡爲我準備了廚藝不佳的晚飯。天寒的日子，有時父親也會先爲我燒好洗澡水。有時床上會擺著折得很笨拙的乾淨衣物，我丟掉的教學觀摩通知單，也曾經從垃圾桶裡被撿起來。觀摩日當天父親當然沒出現，但也許他是趁著我沒發現，過來偷看一下就走了。

「或許你覺得不願意……」

父親難得先拿話做緩衝，仰望著星空繼續說：

「但爸會陪著你。爸不會丟下你離開。雖然現在遇到困境，處處不順，但這件事爸可以跟你保證。」

接著他看向我，露出那種表情笑了。

「直到你說『可以了』爲止。」

我怎麼會忘得一乾二淨？

當時我怎麼想？看到父親久違的笑容，我有什麼感受？

我應該很開心，我應該明白比起拋下我離去的母親，我更應該相信父親，但我終究什麼也沒說。

父親當時的話確實拯救了我。但我無法坦然接受這件事，甚至氣憤地想：不都是你害的嗎？明明父親給了我一直渴望的保證，我卻踐踏了他的關心。

父親沒有過錯。全都是我害的。但父親沒有把這件事說出口，接受了一切，把我擺在第一。如果繼續待在村子裡，或許有一天我會發現父親丟掉飯碗的眞正理由。或許宮本會說溜嘴，我也有可能從別人口中聽到。若是那樣，我一定會自責死了。爲了避免這種情形發生，父親帶我離開了這座村子。只爲了保護我的心。

而我完全不知情，不斷拒絕父親，陷溺在自己的不幸當中，任意仇視父親，離開了家。甚至沒有向他道別。

父親直到最後什麼都沒說。他一次都沒有責備過我，是我自己覺得被責備，心煩意亂。這段期間，父親一直一個人痛苦，扛下一切，悲傷到甚至想死。他再也承受不住源源不斷的痛苦，心靈瀕臨崩潰了吧。

但是直到我說「可以了」以前，父親還是努力活著。不管是以什麼樣的形式，他都沒有像母親那樣丟下我離開。他一直忍受，直到我能以自己的腳站立，能夠自食其力。

我痛恨沉默不語的父親背影。父親從來不看我，這讓我痛苦不已。

可是，這樣的父親保護著我。

我一直被他保護著。

「……爸……對不起……」

不知不覺間，話脫口而出。聲音震顫，說不清楚。淚水滑過面頰的觸感，讓我發現自己哭了。

「我一直對爸……那個時候……沒有立刻回去……我……我……」

身體劇烈顫抖。怎麼樣都揮之不去的後悔讓我淚流不止。我拋開面子，像個孩子般抽抽搭搭地哭了起來，這時肩膀忽然感到一陣溫暖。

「爸……」

我驚訝抬頭。父親依然在笑。是十二年前的那一天，兩人一起看星星那時候的笑容。

這時，我唐突地理解了。

回到這村子的第一天，拜訪荒廢的老家時，隔著毛玻璃目擊的奇妙人影，果然是父親。爲何應該已經死去的父親會在那裡？現在我似乎理解了它的理由。

父親自殺以後，就回到了這座村子。回到了和我還有母親一起生活過的那個家。我不知道這是「像」的力量造成的，或是父親的靈魂選擇停留在陽間，並選擇了老家做爲棲身之處，可是我覺得當時父親確實就在那個家。

父親的靈魂留在那個家，不斷緬懷著快樂的昔日時光。然後現在他和在此地漂泊的眾多靈魂，即將啓程前往原本該去的地方。

在那之前，他來向我做最後的道別。

那天沒能說出口的再見，這次我一定要……

……已經可以了嗎？陽介……

我眞的能成爲人父嗎？我一直對此感到不安。我以爲我是害怕變成像父親那樣的父親，但其實不是的。我是沒有自信能成爲一個無論淪落到何種窮途末路，都能保護好孩子的父親。

我不知道自己能不能爲即將出世的孩子做到父親爲我做的事，所以害怕。

我總算發現了。我想成爲父親那樣的父親。不多說什麼，只是在一旁守望的父親。不管遇到什麼事，都不會拋棄我的父親。

搭在肩上的溫暖觸感忽然消失了。

父親轉身，朝漸漸封閉起來的大洞走去。

「爸！等一下……！」

我想追上去，腳上的劇痛卻妨礙了我，讓我往前栽倒。但我還是不肯放棄，伸出手去，那那木阻止我。

「不能追上去。在這裡送你父親上路吧。」

語氣不容辯駁，但他的表情一片沉鬱。

地面的大洞幾乎已經要完全闔上了。從當中放射出來的一道光芒延伸至上方。父親在那光籠罩下，最後再一次回頭。我還來不及確定他是什麼表情，射出洞穴的光便耀眼地亮起，罩住父親的身姿，然後消失了。

四下落入寂靜的黑暗，先前的一切恍如夢幻。伸手不見五指的黑暗中，近處傳來尖銳的金屬聲。接著是一道磨擦的聲響。

墨黑的黑暗中光芒閃動，接著那那木手中的打火機亮起微光。

「門完全關上了。都結束了。」

幾乎令人耳鳴的寂靜圍繞著我們。在微弱的火光照耀下，地面看不到任何洞穴。

「已經可以了……爸……」

尾聲

一晚過去，皆方村一片慘不忍睹。

每戶人家都鮮明地刻畫著遭到亡者攻擊的痕跡，碎裂的窗玻璃、疑似住戶丟擲的家具物品散落各地。

倖存的人們彷彿失了魂似地茫然佇立，就好像仍被囚禁在他們遭遇的慘劇記憶裡。為失去家人、獨自倖存的遭遇悲嘆的無數嗚咽與哭喊。這些在災難過去之後，仍會在他們的心中留下深深的刻痕，一輩子都不會消失吧。

唯一的好消息是夏目還活著。被修刺傷的部位奇蹟似地錯開了要害，他保住了一命。現在被送到別津町的醫院接受治療。

趕到現場的警方即使想要了解狀況，也沒有人能夠說明。善龜刑警發現走出隧道的我和那那木，一籌莫展地要求我們詳細說明。但就算說出來，他也不可能理解，而且也沒有任何能夠證明的方法。所以我們根本也不詳細說明，不方便說的部分，就用記憶模糊帶過去，混過偵訊。善龜直到最後似乎都無法接受，但還來不及說上什麼話，我和那那木就被送到和夏目同一家醫院了。

該說是不幸中的大幸嗎？我的腳部骨折沒有看上去那麼嚴重，醫生說不需要動手術，只要上石膏，安靜休養就沒事了。或許會留下一些後遺症，但總比殘障要來得好。醫生建議我住院，但我拒絕了。因爲我只想盡快回家。

當地警方應該希望我這個重要關係人留下來，我自己也已經有了被留下的心理準備，但意外的是，我這是杞人憂天。據說有一名刑警爲我和那那木開了方便之門。

名叫裏邊的這名刑警是北海道警察的刑事部人員，被派來參與皆方村發生的一連串殺人命案的偵查。但是他在山路上撞到衝出來的野鹿，車子無法行駛。這是我們來到村子第二天晚上的事，原本裏邊應該要和案發後立刻趕到的善龜他們會合，但爲了善後等事宜，一延再延，結果在我們離開時才到了皆方村。

裏邊趕到我們被送去的醫院，自我介紹之後說明原委。

「眞是，什麼保護國家和平和國民安全的警察，聽了笑死人。居然在事件完全落幕以後才姍姍來遲。」

全身各處包著繃帶的那那木諷刺地說，裏邊苦著一張臉，搔了搔太陽穴。

「別這樣說，我這裡也很慘。我覺得應該幫撞到的鹿治療一下比較好，找遍了山裡，卻完全找不到那頭鹿。」

希望牠還好——裏邊表情沉痛地說，我忍俊不禁笑了出來。

雖然他們沒有詳細說明，但看到兩人說話的態度，我立刻理解他們交情匪淺。裏邊即使聽到我們的遭遇，也沒有劈頭否定，反而是積極相信，甚至沒有一絲懷疑的樣子。

「比起我們，你更擔心鹿？我眞是服了你了。你在山裡摸魚的時候，我們正在生死交關呢。你應該對自己身爲警察的職責更有自覺一點吧？」

「唔……你才是，老是自己一頭栽進麻煩事裡，每次都搞到沒轍了才來向我求救。」

「哼，我不知道你在說什麼。」

那那木假惺惺地撇頭裝不知道。裏邊的眉心擠出深紋，打從心底拿他沒辦法的樣子。

「這次也是，一直打電話騷擾我，想要問出偵查情報，甚至還叫我告訴你兩星期前的命案驗屍詳細報告，這種要求眞虧你說得出口。」

「我只是覺得與其向當地警方打聽，叫你去查比較快。你自己還不是就像個讓人予取予求的情報販子，兩三下就說出來了？」

「喂，不要在一般民眾面前說那種話。事關我身爲警察的威嚴……」

裏邊慌忙制止那那木。另一方面，調侃裏邊似乎讓那那木感覺到些許樂趣，他展現出不同於這幾天我所看到的另一面。

相對於那那木線條纖細，臉色蒼白，裏邊是典型的陽剛面孔，表情也十分豐富。兩人都很高，又都是一襲瀟灑的西裝穿扮，像這樣並排在一起，完全就是警察劇裡的搭檔。那那木是頭腦派，裏邊則是莽撞的肉體派嗎？當然，莽撞這部分完全是我的猜想。

我正天馬行空地想著不重要的事，可能是看我無聊，裏邊清了清喉嚨，端正姿勢，擺出嚴肅的表情：

「總之，這次眞是場大難呢。我理解那座村子遇到的災禍，屬於常識無法想像的類型。原本的話，應該要請你以案件關係人的身分，到署裡接受詢問，但考慮到你經歷的事，這實在太殘忍了。」

裏邊轉開柔和的視線，指向那那木說：

「其實我和他是在某個案子中認識的。當時我也目擊到許多即使告訴別人，也不可能得到理解的現象。當時我身爲警察，卻只能眼睜睜目睹許多人死去，束手無策。不僅如此，還被這種來歷不明的不紅作家救了一命，這只能說是這輩子最大的敗筆了。」

「喂，你不要亂說，誰是不紅的作家？我可是代表日本的——」

「總之，我載你去車站，你先回去和家人團聚吧。搜查本部那裡，我會搞定的。」

這眞是求之不得。我感激地答應，讓裏邊開車載我到車站。

在後車座搖晃著，我漫不經心地看著從窗外流過的小鎮風光。短短三天發生了太多事，但如今回想，甚至覺得一切都只是被狐狸幻術捉弄了一場。若是再次回去村子，就會看到朋友正坐在夏目商店的長椅上，然後在九條家，我們和忠宣一起開懷暢飲——想像著這些，我深深嘆了一口氣。因爲我再清楚不過，這些都是不可能的了。就如同過去的時間不會倒轉，死人不會復返。扭轉這個定理的駭人現象，也再也不會發生了。

皆方村很快就會消滅了。不管是在併入別津町、名稱改變這個意義上，或是在有大量村民死去這種物理意義上，都沒有多大的不同。留在那裡的，只有淒慘的死亡記憶，以及死後仍思念著女兒的可悲的巫女幻影。

我應該再也不會踏上這塊土地了。這是一種訣別，也是邁向未來的決心。原本我以爲只會與辛酸的過往對峙，但來到這裡，確實也有收獲。即使和失去的相比，收獲實在少得可憐，但我也只能接受。

「對了，有件事要跟你說一聲。」

裏邊從照後鏡裡看我。我從沉思中回神，以目光催促他說下去。

「九條家裡鈴原小姐的行李當中，找到了一封信。」

「芽衣子的信？」

我忍不住探出身子反問。裏邊應了一聲，有些難以啓齒地繼續說：

「信不在我這裡，我剛剛才接到善龜刑警的通知，只能簡單說明內容，你想聽嗎？」

「好的，麻煩你。」

芽衣子留下的信。信上寫了什麼？我立刻催促裏邊說下去。

「首先，信件的前半部分描述了這幾天發生的淒慘狀況。其中提到她小時候的朋友三門霧繪的怨靈對眾人感到憤怒，還說她也是罪人，所以也是怨靈的目標。似乎描述了寫信當下她的想法。」

從芽衣子把黑衣巫女當成霧繪這一點來看，信應該是去調查三門神社遺跡前寫的。

「鈴原小姐似乎非常苦惱。聽說信上寫了許多對三門霧繪及夏目美香道歉的話，還立下決心說如果她能活著回去，絕對不會再犯下相同過錯。」

聽著裏邊有條不紊的說明，我忽然想到一個疑問。

臨死之際，芽衣子說出了她和三門一族的死亡有著重大牽扯的事實。芽衣子和美香一起目擊三門實篤搬運活祭品遺體的場面，告訴了父親，導致狀況惡化。首先美香失蹤，九條忠宣猜到抓走美香的是三門實篤，強勢闖進儀式現場，結果三門一族遭到村人殺害。芽衣子認為始作俑者就是自己，往後的人生都無法擺脫深刻的罪惡感。

這部分沒有啓人疑竇的地方。我感到疑問的是夏目美香。

假設美香不想去，是芽衣子硬把美香帶去後山，那麼芽衣子會感到內疚，也是情有可緣。可是當時的芽衣子應該覺得美香「很煩」。芽衣子表面上和美香很好，但內心覺得美香很討厭，她怎麼會「硬是把美香帶出去」？

如果是反過來，事情就簡單了。美香煩人地糾纏芽衣子，硬是把不願意的芽衣子拖出去玩，這種狀況是很有可能發生的。但這麼一來，芽衣子對此感到自責，就教人感到納悶了。

假設去後山是美香的主意，結果導致她被三門實篤擄走，那也是她自做自受。至少芽衣子不必被罪惡感纏身這麼久。

當然，芽衣子也有可能自責應該要阻止美香的，但實際上芽衣子怎麼想，只有她自己知道。而芽衣子已經死了，如今已無法確定這件事了，但一股無以言喻的不舒服仍在我的內心擴散開來。

「井邑先生?怎麼了嗎?」

「不，沒事……」

我再次回神抬頭，和坐在副駕的那那木對望了。

他的眼神冷酷得可怕，我讀不出其中的眞意，甚至忘了呼吸。

「然後，接下來就有很有意思了——」

那那木倏地舉手打斷裏邊的發言。

「讓我猜猜。和夏目美香的失蹤有關的不是三門實篤，而是鈴原芽衣子，對吧？」

裏邊「咦」了一聲。

「你怎麼知道？你看過她的信嗎？」

「少沒禮貌了，我跟你們警察不一樣，才不會隨便亂讀別人的信。」

「警、警察又不是喜歡才這樣做的。這是公務，非看不可好嗎？」

那那木沒理會裏邊的抗議，繼續說下去：

「歸納要點，就是這麼回事：鈴原芽衣子平日就對夏目美香的糾纏不休感到厭煩。表面上她把美香當成不管去哪裡都要跟的妹妹，但內心應該覺得她討厭死了。先不論美香是否有惡意，但芽衣子已經忍無可忍，受夠美香了。然後，那天美香也強勢把芽衣子拉出門，去了後山，兩人在那裡目睹了三門實篤駭人的行徑。但是遠遠地看，看不出他到底在做什麼。因此兩人在實篤離去後，靠近他棄屍的谷底探頭看裡面。這時悲劇發生了。美香把身體探得太出去，失足滑落谷底了。那種高度，絕對不可能活命。就算美香還活著，當時還是國中生的芽衣子，也不可能憑自己的力量救出美香。這件事如果曝光，自己就慘了。這時惡魔對芽衣子的內心細語了：隱瞞這件事，說美香和自己一起下山後道別了，可是三門實篤發現自己棄屍的場面被美香看到，把美香擄走殺死了。芽衣子編造出這樣的情節。順水推舟的是，村長等反神社派把實篤視爲眼中釘。只要說出實篤棄屍的事，他們絕對會懷疑實篤。村長他們詳加調查後，一定能揭露實篤的惡行。如此一來，美香失蹤的事，就可以全部賴到實篤身上了。」

那那木一氣呵成地說完，輕嘆了一口氣。

「當然，我不確定還不懂事的青少女是不是想到這麼多，而且事到如今，眞相已永遠成謎。但如果鈴原芽衣子對夏目美香感覺到和對三門霧繪同等的罪惡感，這應該是最讓人信服的答案吧。」

握著方向盤的裏邊嘆了一口氣，語氣奇妙，聽不出是佩服還是失望。

「你總是讓我驚奇不已呢。說得好像你親眼看到一樣。」

「是嗎？附帶一提，三門實篤是怎麼弄到活祭品的，這個問題的解答，也可以從這件事推測出來。夏目美香應該早就察覺有可疑的人進出三門神社了吧。目擊三門實篤棄屍，或許也不只一兩回。她會硬是把鈴原芽衣子帶去後山，理由就在這裡。也就是香客裡面有人提供活祭品給實篤。八成是地下社會的人，把不方便的人交給實篤處理吧。實篤則收錢做為回報，所以即使儀式次數減少了，三門一族依然過得十分富裕。」

聽到那那木的推測，裏邊用力點頭。

「善龜刑警說，以前經常目擊到可疑人士在皆方村進出，原來他們是來委託處理屍體，交付金錢嗎？——不，也有可能反過來收三門實篤的錢，販賣活祭品。只要有這種人口販賣的管道，三門神社就不愁沒有活祭品。來自虔誠信徒的金錢捐獻，或許有部分被拿來用在這上面。」

裏邊有些興奮地喘著氣說，但那那木只是含糊地聳了聳肩。

「不過你還是老樣子呢，憑著那麼少的線索，就能想到那麼深。」

「沒什麼好驚訝的，這是順理成章的推測。」

那那木也沒有得意的樣子，似乎是說完想說的話，失去了興趣，他深深地靠坐在椅背上，視線移往窗外。

「那，信件內容就像那那木先生說的那樣嗎？」

我問，裏邊似乎發現離題了，清了一下喉嚨，對著照後鏡點點頭。

「沒錯，鈴原小姐在信件後半詳細寫下了這件事。說夏目美香滑落谷底，鈴原小姐不敢把這件事告訴任何人。至於這眞的是一起意外，或者是鈴原小姐故意推落美香，已經無從查明了。」

我聽著裏邊的說明，思緒卻飄往別的地方。

裏邊這番話揭露了一個事實。然而這件事也證明了截然不同的另一個事實。當時我所感覺到的違和感、疑問，以及困惑這些種種的感覺，全在一瞬之間冰釋，得到了合理的解答。但與此同時，這對每個人來說，卻也都不可能是最好的結局。

原來是這麼一回事嗎？我在內心自言自語，出了神似地沉默了。

「兩名朋友因自己而死，然後夏目清彥不知道事實眞相，親切地待她，這些都讓鈴原小姐更感到良心不安吧。信上似乎沒有收件人的名字，所以不知道是寫給誰的，也有可能是當成遺書寫下的……」

裏邊模糊了語尾，彷彿在說教人難以承受。照後鏡中他的表情極爲沉痛，看得出他對芽衣子感到深切的同情。

如果那封信是遺書，一定是寫給夏目清彥和他的妻子吧。但顯而易見，這對他們完全不是救贖。只要女兒已死這個無法推翻的事實存在，了解詳情，也只會讓他們更痛苦。

對九死一生的夏目來說，這豈不是太殘忍了嗎？

車子抵達站前圓環，我在裏邊攙扶下下了車，拄著不習慣的拐杖，避免讓打了石膏的腳受力，小心翼翼地走向車站大樓。

「這裡就行了。謝謝你們。」

我在入口前停步，向兩人頷首道謝。

「眞的沒問題嗎？我可以送你到家。」

「不用了，我自己可以的。」

我堅強地回應，視線轉移到那那木身上。

「那那木先生，謝謝你的照顧。」

「我不記得照顧過你什麼。」

「可是，我能像這樣活著，全多虧了那那木先生。」

那那木只是板著臉點點頭。都要道別了，卻不肯摘下冷漠的面具，眞的很像他的作風。我忽然想到，拿出塞進包包裡的文庫。

「這本書我會好好珍惜的。」

面對自己的作品，那那木的表情明顯興奮起來。

「讀完以後，要在社群媒體大大宣傳感想，也別忘記在網路書店寫下評論。我一有空就會上網搜尋自己，你只要貼文，我應該馬上就會看到。」

那幾乎是強制的熱烈語氣讓我忍不住直呼吃不消。

直到最後，他都讓人難以捉摸。

「我不太讀恐怖小說，但我太太喜歡，她一定會很高興。雖然我暫時可能沒辦法看太可怕的內容。」

「沒必要勉強自己讀。哪天你覺得需要的時候再讀就好了。小說往往都是這樣的。」

那那木留下莫名要帥的話，轉身就走。裏邊用不像刑警的和善笑容向我輕輕頷首，跟了上去。我目送了兩人的背影片刻，小心地拄著拐杖，轉換方向就要走進去時——

「——井邑。」

那那木突然半途停步，想起來似地叫住我。

「這次的事，或許可以在更早的階段防範未然呢。比方說，沒錯，如果你在一開始和朋友重逢的時候，就告訴他們事實的話。」

心臟猛地跳了一下。同時我不得不認清，那那木在眞正的意義上理解了一切。

我來到皆方村眞正的理由、我對朋友及村人懷抱的巨大「罪惡感」，他都發現了。

「那那木先生……我……」

就好像肺被一把捏住一般，我呼吸不過來，說不下去了。相隔一段距離對望的我們之間颳過一陣冷風。

感覺宛如永恆的沉默之後，那那木緩緩地放鬆，有些慵懶地轉了轉頭。

「話雖如此，一切都過去了。我並不想責怪你，或許你也沒必要過度自責。這只是可能性的問題，而且或許即使你這麼做，也無法改變發生在他們身上的悲劇。尤其是宮本一樹，不管你說什麼，他應該都聽不進去。追根究柢，人只會看到自己想看的東西。」

那那木撩起有些自然捲的頭髮。他的側臉一樣看不出任何像樣的感情。

「你明知道，爲什麼——」

「——就算是鬼魂也會搞錯。」

那那木不待我說完，便宣告似地說：

「爲了讓我們活下來，只有那個方法。即使說出事實，也不一定就能得到最好的結果。事實上三門雫子就抱著那骨頭，爲自己被詛咒的宿命畫上了句點，結果我們像這樣踏上了歸途。我和你戰勝了和鬼怪賭上性命的賭局。也可以說因爲你在那個危急關頭配合了我的說詞，才能得到這樣的勝利。唔，或許多少有些犯規，但這次就不計較這些了。」

那那木單方面地說完後，乘上副駕，車子載著兩人開走了。我目送車子穿出圓環，消失在馬路另一頭，這段期間，幾乎撕裂胸口的疼痛讓我忍不住蹙眉。

在人影稀疏的月台漫不經心地看著軌道對面時，口袋裡的手機振動並響起了。

「……喂？」

『陽介？你沒事吧？』

手機彼端傳來妻子有些不悅的聲音。平常的話，我應該會感到鬱悶，但能再次聽到她的聲音，我打從心底感到欣慰。

『喂，你在聽嗎？你到底什麼時候才……』

「生下孩子吧。」

『——咦？』

電話另一頭，她倒吞了一口氣。

『我希望妳生下來。我一定會當一個好爸爸。』

『……嗯……嗯。好。』

她的聲音顫抖，讓人想要立刻緊緊擁抱她。我聽見吸鼻涕的聲音，接著是帶著嗚咽的呼吸。目睹了太多淒慘的景象，被慘痛的喊叫和慟哭切割成片片的我的心，感覺正一點一滴地舒緩開來。

無論何時，她都有療癒我的神奇力量。從我和她開始交往的兩年前開始，就一直是這樣。和她相處在一起，有時候我會覺得彷彿被某種巨大的存在所守護著。

和她攜手的話，往後我一定也能繼續走下去。為了一起走下去，我必須讓她幸福。然後把生下來的孩子視為人生當中最重要的寶物。就像父親為我做的那樣，這次輪到我保護家人了。

差點被雫子殺死那時候，直視死亡的瞬間，浮現在我的腦中的，是妻子和即將出世的孩子。若是就這樣死了，就再也見不到她了，也看不到出生的孩子了。我不想要這樣。無論如何我都要活下去。

所以察覺那那木的用意時，我反射性地配合了他的說詞。

——就算是鬼魂也會搞錯。

雫子相信那那木遞出去的骨頭是霧繪的。用那種方法欺騙她，或許不能說是公平，但我沒有其他活下去的方法。

就算被責備這是冒瀆死者的行爲，或是違反倫理的行爲，我也無從反駁。即使如此，我還是想要回到她和孩子身邊。爲了這個目的，就算要欺騙死者，我覺得也無所謂。

只要能再見到她，這樣就好了。

可是正因爲如此，皆方村發生了什麼事，都不該向妻子透露半點。不管是過去殺害她的家人、放火燒神社的村人的下場，或是她化成怨靈的母親將這些人推落恐懼及痛苦的深淵，成功復仇。還有她的母親把完全無關的**夏目美香的骨骸**當成自己的女兒，抱在懷裡墜落地獄深淵。

——即使說出事實，也不一定就能得到最好的結果。

她已經夠痛苦了。父親在眼前被殺，母親被活生生燒死，自己也受了重傷，在生死關頭徘徊。夏目清彥原本相信美香被當成儀式祭品遭到殺害，從一息尚存的她口中得知了眞相：儀式中的祭品不是美香，是完全不同的人。

望向設置在月台的告示版，目光停留在許多觀光導覽中一張老舊的尋人啓事。是三天前我在這裡下車時也看到的海報。

對著鏡頭滿臉燦笑的十五歲少女，十二年前下落不明後，就一直沒有找到。這名少女才是村人闖進本殿時，已經做爲儀式祭品遇害的人。因爲後來的火災，她被當成霧繪的屍體處理掉，現在仍被視爲下落不明，是可憐的犧牲者。

得知女兒並未遇害，夏目在當時擔任護理師的妻子協助下，拯救了即將失血過多而死的她。但因爲不能讓她回去村子，便假裝把屍體拋進谷底，教了她一命。然後私下求助遠親，找到願意收養她的人，給了她新的家庭。

她在新的家庭和慈祥的養父母及年紀相差許多的姊姊共同生活，隨著成長，傷口逐漸癒合。人是環境塑造的生物，這話是眞的，與我時隔十年再會時，她已經變成了一個熱愛社交、開朗活潑的女子，轉變之大令人驚訝。不過爲了遮掩脖子上的傷疤，她留了頭長髮，因此現在仍清晰地保留了當時的容貌。

她不願意詳細告訴我在村子裡發生過什麼事。所以我聽到她懷孕的消息時，除了面對自己的過去，我也想要弄清楚她究竟遇到了什麼事，爲了解開眞相而重回故地。

我回到皆方村眞正的理由就是這個。

被捲入意外的狀況，實現當初的目的時，已經死了許多人。紗季、芽衣子、篠塚、松浦，還有宮本。那些由於襲擊村子的災禍而喪命的人，已經沒有未來了。

但她還活著。她還有未來。保護她的未來，是我的職責。我要保護我們及嬰兒一起打造的新的家庭的未來。

我們的未來，不需要這座村子發生的悲劇。如果知道了只會讓人痛苦，那麼根本沒必要知道。會讓她痛苦的事物，無論那是什麼，我都要予以排除。因爲這才是沒能向朋友坦承她還活著的事實的我應該去做的贖罪。

列車進站了。

施工不良的告示版在吹來的風中喀噠搖晃。

『我等你回來。』

溫柔地傳入耳中的聲音，讓我忍不住胸口一熱。

「我馬上就回去了，等我，霧繪。」

恠 32／緇衣巫女

原著書名／ぬばたまの黒女
作　　者／阿泉來堂
原出版者／KADOKAWA
翻　　譯／王華懋
編輯總監／劉麗眞
責任編輯／張麗嫺
榮譽社長／詹宏志
發 行 人／涂玉雲
出 版 社／獨步文化
城邦文化事業股份有限公司
104台北市中山區民生東路二段141號5樓
電話：(02) 2500-7696　傳眞：(02) 2500-1967
發　　行／英屬蓋曼群島商家庭傳媒股份有限公司
城邦分公司
104 台北市中山區民生東路二段141號2樓
網址／www.cite.com.tw
讀者服務專線／(02) 2500-7718；2500-7719
服務時間／週一至週五：09：30～12：00　13：30～17：00
24小時傳眞服務／(02) 2500-1900；2500-1991
讀者服務信箱E-mail／service@readingclub.com.tw
劃撥帳號／19863813
戶名／書虫股份有限公司
香港發行所／城邦（香港）出版集團有限公司
香港灣仔駱克道193號東超商業中心1樓
電話／(852) 2508-6231　傳眞／(852) 2578-9337
E-mail／hkcite@biznetvigator.com
馬新發行所／城邦（馬新）出版集團
Cite (M) Sdn Bhd
41, Jalan Radin Anum, Bandar Baru Sri Petaling,
57000 Kuala Lumpur, Malaysia.
Tel: (603) 90578822
Fax:(603) 90576622
email:cite@cite.com.my
封面設計／高偉哲
印　　刷／中原造像股份有限公司
排　　版／陳瑜安
●2023年10月初版
●2023年11月28日初版3刷
售價380元

NUBATAMA NO KUROME
© Raidou Azumi 2021
First published in Japan in 2021 by KADOKAWA CORPORATION, Tokyo.
Complex Chinese translation rights arranged with KADOKAWA CORPORATION, Tokyo through TOHAN CORPORATION, Tokyo.
Complex Chinese translation copyright © by 2023 Apex Press, a division of Cite Publishing Ltd. All rights reserved.
版權所有，未經書面同意，不得以任何方式作全面或局部翻印、仿製或轉載。

ISBN 978-626-7226-76-6
978-626-7226-79-7（EPUB）

國家圖書館出版品預行編目（CIP）資料

緇衣巫女／阿泉來堂著；王華懋譯. –初版. – 臺北市：獨步文化，城邦文化事業股份有限公司出版：英屬蓋曼群島商家庭傳媒股份有限公司城邦分公司發行，民112.10
面；　公分. --（恠；32）
譯自：ぬばたまの黒女
ISBN 978-626-7226-76-6（平裝）

861.57　　112013027